A MÁQUINA DE MADEIRA

A marca FSC® é a garantia de que a madeira utilizada na fabricação do papel deste livro provém de florestas que foram gerenciadas de maneira ambientalmente correta, socialmente justa e economicamente viável, além de outras fontes de origem controlada.

MIGUEL SANCHES NETO

A máquina de madeira

1ª *reimpressão*

Copyright © 2012 by Miguel Sanches Neto
Todos os direitos reservados.

Grafia atualizada segundo o Acordo Ortográfico da Língua Portuguesa de 1990, que entrou em vigor no Brasil em 2009.

Os personagens e as situações desta obra são reais apenas no universo da ficção; não se referem a pessoas e fatos concretos, e sobre eles não emitem opinião.

Capa
Retina78

Preparação
Cacilda Guerra

Revisão
Fernanda Windholz
Valquíria Della Pozza

Dados Internacionais de Catalogação na Publicação (CIP)
(Câmara Brasileira do Livro, SP, Brasil)

Sanches Neto, Miguel
  A máquina de madeira / Miguel Sanches Neto. — 1ª ed. — São Paulo : Companhia das Letras, 2012.

ISBN 978-85-359-2192-2

1. Ficção brasileira I. Título.

12-12492   CDD-869.93

Índice para catálogo sistemático:
1. Ficção : Literatura brasileira   869.93

[2016]
Todos os direitos desta edição reservados à
EDITORA SCHWARCZ S.A.
Rua Bandeira Paulista, 702, cj. 32
04532-002 — São Paulo — SP
Telefone: (11) 3707-3500
Fax: (11) 3707-3501
www.companhiadasletras.com.br
www.blogdacompanhia.com.br
facebook.com/companhiadasletras
instagram.com/companhiadasletras
twitter.com/cialetras

O que de imediato surpreende não é o que os homens fazem hoje, mas o que farão mais tarde. O gênio humano começa a se familiarizar com o poder da matéria. A.J. Wiertz, 1870
(in *Passagens*, de Walter Benjamin)

Sumário

LONDRES, 9

NOVA YORK, 155

LONDRES

Mãos

Quem olhasse as mãos de Francisco João de Azevedo segurando a amurada do navio veria as mãos de um operário. Não que fossem grandes, eram no tamanho um tanto femininas, mas tinham a rudeza própria de quem se dedicava a ofícios manuais. A pele dos dedos estava partida, as unhas lascadas com alguma sujeira sob elas e calos que podiam ser entrevistos na extremidade das palmas. Muitas vezes, lidando na solidão de sua oficina, Francisco observava aquelas mãos, a parte de seu ser que mais conhecia, sempre inquietas como sua mente, enquanto o resto do corpo mantinha uma aparência retraída. Começamos a morrer pelas mãos, pensou com tristeza. As mãos tinham mais idade do que ele, estavam se desgastando com muita rapidez. O envelhecimento se estampara nas veias e nervos salientes, nas superfícies ásperas, nos dedos rudes de camponês. Mas ele não tinha vergonha do aspecto delas, no fundo sentia orgulho, pois lembravam seu passado de órfão afeito ao trabalho.

— O senhor parece não apreciar a Corte — disse uma senhora a seu lado.

Ele ergueu os olhos, cegando-se com o sol refletido nas roupas brancas e rendadas dela.
— De modo algum, muito me agrada a cidade.
— Deve ter estado aqui várias vezes; e já não vê novidades.
— Esta é a primeira.
— E nenhum brilho nos olhos? Nenhum sorriso de admiração?
— Estava rezando — mentiu.
— Ah, desculpe por ter incomodado — ela disse, voltando a fitar a terra, sempre mais próxima.

As pessoas ao redor faziam comentários sobre a cidade, tão bonita vista assim do mar, numa manhã de sol. Alguém identificava torres de igreja, um morro, o Paço Imperial, revelando a euforia própria de quem chega à Corte depois de ter deixado para trás a província e sonha viver grandes acontecimentos. Francisco João de Azevedo também desejava experimentar o prazer, mas este não estaria na paisagem, nas vidraças da rua do Ouvidor, nem nos restaurantes ou no teatro. As coisas mundanas não o fascinavam nem um pouco. Em verdade, suas mãos não o seguravam ao navio, seguravam-no a si mesmo. Vestindo casaca preta, calças folgadas e botinas bem polidas, dava a impressão de um homem refinado. Só as mãos destoavam. Não serviam para o sinal da cruz, para se colocarem juntas, simbolizando contrição, e muito menos para ministrar santos sacramentos. Quando apertava a mão de outros religiosos, até causavam constrangimentos. O tecido adiposo das mãos dos padres, macias como estofados, contrastava com a aspereza da sua, e os religiosos se afastavam num susto quando elas se encontravam, como se tivessem tocado em um inseto asqueroso.

O vapor já estava ancorando, as pessoas acenavam para o porto, onde conhecidos e desconhecidos esperavam os viajantes, uns para receber parentes e amigos, outros, para conseguir algum trabalho. Padre Azevedo continuava agarrado à amurada. Não há viagens, chegadas e partidas para quem se dedica às próprias ideias.

Os objetos existem antes na imaginação para depois ocupar ou não um lugar no mundo, ele pensava enquanto acompanhava a retirada de sua bagagem, apenas aquele caixote pesado. Tanto o inventor quanto o religioso partiam da mesma situação de ausência, acreditando previamente em algo impalpável. Guiavam-se apenas pela convicção. Quase tudo que projetara continuava sem existência, mas trazia ali um objeto. Não era um simples sonhador, algumas de suas ideias se faziam carne, e este foi o primeiro momento na viagem em que padre Azevedo sorriu. Divertira-o o uso daquelas palavras bíblicas para se referir a seu invento. O certo teria sido dizer que suas ideias se fizeram coisa, e não carne. O sacerdote colocava termos na cabeça do inventor. Sim, uma coisa, um objeto. Mas também carne. E ele persistiu no riso discreto, que não foi percebido por ninguém. Todos estavam atarefados demais com o desembarque. Havia uma urgência de chegar logo. As senhoras produziam ruídos de tecidos e saltos, conversando entre si; os homens instruíam criados que haviam aparecido para recolher baús; e os cavalos se inquietavam à espera da ordem de partir. Outra viagem começava.

Depois de acompanhar a entrega da caixa, deixada no chão, em meio a muitos baús, sacarias com produtos da província, pessoas se movendo com pressa e alarido, o padre empacou. Os carregadores não o procuravam. Tinham trabalho suficiente com os outros passageiros? Visto a certa distância, triste ao lado de algo semelhante a um féretro, ele parecia velar alguém. Talvez por isso os carregadores o evitassem; não queriam nem pensar na possibilidade de transportar um cadáver. Se ninguém se oferecia para ajudá-lo, restava-lhe tomar a iniciativa. Tímido, constrangia-o a obrigação de conversar com desconhecidos, acertar o transporte de suas coisas, indicar um endereço. Tudo era cansaço, imposição do mundo imediato. Em passo arrastado, separou-se da caixa e seguiu até a rua. Sobravam apenas os cocheiros mais velhos, com veículos deteriorados.

— Quer um coche, senhor? — perguntou o primeiro deles.
— Uma carroça — ele respondeu.

O homem indicou, um pouco à frente, um carroção puxado por dois cavalos.

Quando estava próximo, um velho gordo e com olhos vermelhos se adiantou.

— Transporte?

O padre concordou com a cabeça, aliviado por não precisar dizer nada. Seguiram juntos, e em silêncio, para o local em que a caixa ficara. O carroceiro mancava um pouco, mas o padre não percebeu. Voltara a seu mundo interior.

Só ao contornar a caixa é que se deu conta da situação. Os dois não conseguiriam carregá-la. Contratempos como este, conquanto pequenos, desanimavam padre Azevedo, fazendo com que tivesse vontade de se isolar em sua oficina no Arsenal de Guerra ou em sua casa. Tudo era dificuldade para quem ousava contrariar a pasmaceira do país. Melhor seria abandonar os sonhos de inventor e arranjar uma freguesia onde pudesse se ocupar apenas com os ofícios religiosos, ganhando um pouco mais de dinheiro, pois suas aulas e a capelania no Recife não lhe permitiam uma vida folgada. Retornaria em breve a seu isolamento, do qual ele saía apenas para sofrer reveses. Enquanto se perdia nestas queixas silenciosas, olhando desoladamente a caixa, o carroceiro conseguira dois ajudantes, escravos que faziam pequenos serviços no porto, e os três estavam diante de Azevedo, experimentando o peso daquela equipagem desajeitada, já levantada do chão em um dos lados. O padre saiu de seu mutismo para, junto com um dos jovens, erguer a outra ponta. Acertaram os movimentos e foram conduzindo-a até a carroça. Era, de fato, como se transportassem um defunto. E esta imagem o entristeceu ainda mais. Seus sonhos estariam mortos ali dentro? Viera ao Rio somente para enterrá-los de uma vez ou haveria a chance de mostrar ao mundo a sua invenção? Se for como morta que ela segue aqui, ele pensou, é preciso que ressuscite: erga-se e saia do túmulo! Ainda existem ressurreições nestes tempos incrédulos. Um sangue vibrante correu por seu corpo, e ele se sentiu rejuvenescido. Às vésperas dos cinquenta anos, em alguns momentos ele se tornava bem mais velho, como se a vida já tivesse acontecido, mas bastava uma pequena euforia para que percebesse a largueza de horizontes diante de si. Teve então vontade de ver novamente a sua criação. Queria abrir logo a caixa, reencontrar-se com o que ficara oculto. Empreendia aquela viagem para mostrar à Corte do que a inteligência nacional era capaz. A inteligência e a persistência. Como tudo aqui era difícil, fazia-se necessário cultivar as ideias fixas. Todo homem com verdadeira capacidade criadora devia ser teimoso. E isso ele era.

Ao acomodar a caixa na parte de trás do carroção, ela despertou o barulho da madeira raspando o assoalho. Azevedo deu dinheiro aos escravos, que voltaram a seus postos, enquanto o carroceiro arrumava a caixa.

— O que o senhor leva aí dentro?

O padre poderia dizer que era seu próprio corpo. Mas ele temia a força demoníaca das palavras. Melhor que empregasse a palavra exata. Dar nome às coisas também era uma experiência criadora.

— Uma máquina. Uma máquina taquigráfica — ele disse.

Mas o condutor já subia na carroça, desinteressado da primeira pergunta.

— Para onde vamos?
— Para o prédio da Exposição Nacional — Azevedo respondeu, subindo do outro lado.
— O senhor é um dos expositores?
Ele concordou com a cabeça, observando o homem chicotear os cavalos. A carroça deu um tranco e se moveu. Os aros de aço da roda iam arrancando faíscas das pedras. E o padre sentia na coluna cada baque seco das rodas contra os obstáculos.

— Em vez de gastar dinheiro com essa exposição, o imperador devia melhorar as ruas da cidade — resmungou o carroceiro com um sotaque lusitano.
Qualquer tentativa de explicar a importância da Exposição Nacional seria vã. Homens iguais a ele só se interessavam por aquilo que os atingia diretamente. Buracos e pedras soltas nas ruas; charcos em determinados pontos da cidade; fome. Eram prisioneiros do momento.
— O senhor talvez tenha razão — o inventor disse, com a voz sumida de quem tenta providenciar uma resposta, olhos voltados para o lado.
Estavam passando pelo Paço Imperial, uma construção feia, mais parecida com um imenso casarão em ruínas do que com um palácio. Dominavam o ambiente um tumulto colorido de pessoas e o cheiro sufocante dos dejetos jogados no mar. Aquele lugar tinha um pouco de feira, de mercado. Mercado de vaidades, pensou padre Azevedo. Ele se lembrava da visita do imperador ao Recife, das disputas dos homens de posse para receber dom Pedro, todos se esforçando para mostrar suas riquezas, e o visitante vendo tudo rapidamente. O que queria o imperador? Falava só o necessário, denunciando pouco os sentimentos. Percorria o país com que olhos? Participou das festas com um

semblante impassível, o mesmo que mostrava nas visitas a fábricas, escolas, propriedades. Não ficou mais do que uns minutos na sala do Arsenal de Guerra onde a máquina taquigráfica estava sendo construída, e já seguiu para ver outras coisas. É assim a curiosidade política. Não se detém em nada. Ele gastava anos de trabalho, fazia sacrifícios, e tudo era visto em dois ou três minutos. Mas agora haveria a exposição. Ele esperava que as pessoas não passassem tão rapidamente diante de seu invento. Que tivessem mais tempo do que os governantes para discutir com ele o funcionamento daquela máquina destinada à escrita.

— Por onde o senhor quer ir? Pela rua do Ouvidor?

— Pelo caminho mais rápido.

— Não quer conhecer a cidade? Faço por um preço mais barato do que os coches.

— Estou cansado.

O condutor insistia em conversar, meio gritando, com o mesmo ímpeto com que fustigava os cavalos. Era um trabalhador independente, tinha o seu próprio negócio, não bajulava ninguém, por isso podia pensar o que quisesse, podia criticar as pessoas. Não sou agregado aí do paço. Se não quero trabalhar, fico em casa. Não tenho quem me mande. Ele ia dizendo enquanto manobrava com vigor as rédeas e os chicotes, para entrar na estreitíssima rua do Ouvidor, quase atropelando umas senhoras de sombrinha que caminhavam entre as duas longas galerias de vidraças. Era bom ter esta energia, saber açoitar os animais para que eles façam o que queremos. Conduzir a vida como se conduz uma carroça, um coche. Para isso era necessária uma violência que o padre não tinha. Esta conclusão o deixou mais silencioso. Mas o carroceiro era insistente.

— Dizem que vão recolher na Escola Técnica as riquezas dos nossos produtos para mandar a Londres. Bobagem. Isso só vai servir para uns poucos aparecerem. Precisamos mesmo é de mais iluminação a gás. As ruas estão perigosas à noite. Já não faço serviço depois que o sol se põe.

Não era permitido ao padre se ausentar da conversa. O português o açoitava com as palavras.

— A companhia do barão de Mauá não está instando lampiões a gás? — ele perguntou, tentando mostrar alguma disposição para o debate.

— Mas é muito pouco e muito caro. O senhor não sabe quantos bandidos tem esta cidade. Aqui nada presta. O imperador devia era importar as coisas boas da Europa, sem querer exibir grandezas por lá.

A vontade dele era se calar, obrigando o outro a emudecer. Mesmo que fosse necessário ser rude. Mas ele não tinha palavras ásperas. E sentia-se obrigado a continuar conversando.

— É importante conhecer o que cada província tem de melhor. É um novo Descobrimento.

— Tudo que é bom vem de fora. A família real veio de onde? Até a mão de obra para as lavouras e para os demais serviços é da África ou da Europa. Não precisamos perder tempo para fazer o que outros países fazem melhor. É só trazer para cá. De onde é a família do senhor?

— De Portugal.

— Não estou dizendo? O brasileiro não existe. Eu não sou brasileiro, o senhor também não. Os negros que trabalham aqui são menos brasileiros do que nós. Não é o caso dos índios, estes talvez até sejam brasileiros, mas desconhecem a civilização. O que temos de bom vem de fora. Nós somos só um porto que recebe pessoas e produtos estrangeiros. Trabalho aqui há quarenta anos. Sei o que falo.

Cada pessoa transformava suas crenças em um escudo para se proteger do mundo. Aquele homem tinha construído esse raciocínio durante décadas, e sempre o repetia aos clientes. Tudo que acontecesse a ele seria explicado com aquele mesmo ponto de vista, que cada ano ficaria mais sedimentado, mais agressivo. Era sua proteção contra o mundo. Não importava o que os outros pensavam, aquele carroceiro tinha a sua verdade. E ela valia mais do que qualquer outra porque explicava o seu mundo.

Aproveitando um minuto de silêncio, o padre fechou os olhos e fingiu cochilar, apesar dos trancos da carroça nos paralelepípedos. Seu interlocutor não estava assim tão sem razão. Urgia mesmo melhorar as vias públicas, pois até esta rua central, por onde passavam os príncipes, se encontrava cheia de pedras soltas. Ele conhecia a fama da rua, a mais mundana, jornalística e política de todas as vias da Corte, com seu burburinho imenso, principalmente à tarde, quando as senhoras buscavam as novidades de Paris. Por ser tão estreita, era quase uma galeria a céu aberto, dominada por modistas, floristas, fotografistas e dentistas que tapavam os furos dos dentes com ouro ou simplesmente os arrancavam; e ali também se encontravam confeitarias, charutarias, livrarias, perfumarias, sapatarias, alfaiates, hotéis, espelheiros, secos e molhados, ourivesarias e pequenas fábricas. Era a civilização, reduzida às suas novidades, um outro império, o da moda. Só o que vinha de fora existia para a rua do Ouvidor, principalmente as mulheres francesas nas lojas e nos hotéis de artistas, porque urgia viver em Paris.

A sensação que o padre tinha, enquanto se movia pela rua do Ouvidor com os olhos fechados, era a de habitar um sonho. O tempo escorria lento, apenas ruídos imprecisos chegavam até ele. Assim, no resto do percurso até a Escola Técnica, no largo de São Francisco de Paula, o carroceiro não fizera mais perguntas nem comentários, apenas comandava os cavalos, xingando as pessoas que não saíam da frente. Esgotaram-se os seus argumentos, mas ele dissera umas verdades bem duras a esse idealista que acredita ser possível mudar a ordem das coisas.

O padre não via vitrines, pessoas, o casario ou as melhorias da cidade. Isso só intensificava a sensação que vinha tendo desde que deixara o Recife, o tempo havia parado. Por mais que viajasse, não saía do lugar. Parecia um pesadelo, como os que atormentavam o seu sono. Algo perigoso o ameaçava e ele então tentava correr, mexia as pernas desesperadamente, mas permanecia parado. Era assim que se sentia agora. Tudo demorava muito para acontecer. Uma distância intransponível o separava da realidade. Nunca atingia seu destino. As coisas escorrendo vagarosamente.

Ele então abriu os olhos e viu a igreja do Rosário, que pertencia aos pretinhos, e já tinha servido de sé até a chegada da família real. Fez o sinal da cruz, mecanicamente, reverenciando Deus, mas também os negros. A igreja com suas torres sem simetria, a da direita alta e a da esquerda bem mais baixa, representava as diferenças das duas classes que a frequentaram quando a cidade do Rio de Janeiro ficou sem um prédio para a sé. O padre ia nestes pensamentos, planejando uma visita à igreja, conhecida pelo fato de o seu interior lembrar mais um armazém do que uma casa de Deus, quando o carroção parou na frente da Escola Técnica, decorada para receber os produtos do país.

Tudo estava sendo enfeitado com bandeiras e outros adornos. Na fachada, o anúncio da Exposição Nacional. Letras imensas, que podiam ser vistas de longe, mas que só agora ele havia lido. Um pouco abaixo, bem no centro, os dizeres latinos: *opes acquirit eundo*. Ele então se lembrou da frase inteira, retirada da *Arte de amar*, de Ovídio. *Nascitur exiguus, sed opes acquirit eundo amnis*. E traduziu, igual à época em que estudava latim. *O rio nasce pequenino mas com o caminhar adquire forças*. Um lema tão apropriado para si próprio e para o país. Ali começava uma nova época para a pátria jovem, apesar de homens como o carroceiro. E Azevedo fazia parte deste início. Ao cruzar aquelas portas, tudo poderia mudar. Ele deixaria seu precário emprego de professor, os dias de pobreza e isolamento, as humilhações de depender da boa vontade dos outros e se dedicaria somente às suas invenções. A caridade cristã nele se exercia também pela criação de novas máquinas que ajudassem as pessoas.

Tinha muitos projetos, mas não havia mais como retê-los. Tudo quer nascer, até mesmo aquilo que só existe à noite. Ele podia tomar notas de seus inventos, mas isso não lhes tiraria a natureza ficcional, continuariam uma possibilidade remota, algo imaginado no amanhã. E o padre queria vê-los em funcionamento. Para isso, enfrentava as dificuldades, aceitando o auxílio de todos, ele que era tão orgulhoso justamente por sempre ter precisado de ajuda desde a morte do pai.

O carroceiro não desceu; agora não tinha motivos para colaborar. E era contra a exposição.

— Meu joelho está doendo — foi o que ele disse quando o padre o olhou esperando que fizesse algo.

O inventor tinha novamente que tomar pequenas providências, vencendo a timidez. Esta viagem à Corte era uma provação; devia superar sua incapacidade de se relacionar com as pessoas. Desceu, foi em direção à entrada da escola, onde alguns homens acompanhavam os últimos preparativos do prédio. De certa forma, tudo aquilo era para ele, para recepcionar a sua máquina.

— Sou o padre Francisco João de Azevedo, da província de Pernambuco, inventor da máquina taquigráfica. Estou precisando de carregadores.

Somente uns segundos depois um dos homens disse:

— São muitos expositores, padre, não podemos resolver os problemas de todos.

E eles voltaram a conversar entre si, indiferentes ao inventor. Um dos trabalhadores ainda pensou que os padres deviam cuidar é da alma do povo. Agora se envolviam em tudo.

Azevedo olhou para a carroça, o condutor demonstrava impaciência, subiu os degraus da escada, mas não entrou. Virou-se para a caixa, onde a máquina dormia seu sono de sempre, e começou a fazer o caminho de volta enquanto o condutor descia do veículo com dificuldade. Quando o padre chegou à carroça, o outro já havia destravado a caixa. O inventor a puxou com raiva e, ouvindo o atrito da madeira contra o assoalho, deixou que uma ponta dela caísse no chão. Pediu ao português que conduzisse a carroça um pouco para a frente. E, assim que isso aconteceu, a outra ponta desabou ao lado das botinas do padre, produzindo poeira e um barulho surdo. Se algo se quebrara lá dentro, ele logo ficaria sabendo. Pagou o carroceiro e ouviu os cavalos se afastando. Nem observou a chegada de um homem imenso, com aspecto rude, mas bem vestido.

— Posso ajudar?
— O senhor é da organização?
O outro fez uma expressão acolhedora.
— É melhor o senhor não contar com os inspetores — e olhou para o grupo a que o padre recorrera. — Eles estão preocupados apenas com os relatórios aos chefes.
— O senhor é jornalista?
— Não, eu me chamo José Frederico Rischen.
— Sou expositor.
— Logo vi, por isso vim oferecer ajuda. O que traz aí nesta caixa?
— Uma máquina que escreve.
— Então também pertence ao grupo dos inventores?
— Isso é ruim?
— Não, é bom, muito bom.
Com suas mãos descomunais, mãos de quem sabe dar ordens, embora fossem preparadas para tarefas pesadas, Rischen acenou para dentro do prédio e logo apareceram dois negros de

pés descalços, que, sob seu comando, usando cordas e um varão que ia do ombro de um ao ombro do outro, carregaram a caixa.

— As máquinas vão ficar no térreo, nas galerias laterais — ele explicou ao padre.

— Há outras máquinas para escrever? — ele se alarmou.

— Não, não, para escrever não — Rischen ria —, apenas máquinas que ajudam o homem a produzir mais. Mas o senhor ainda não disse o seu nome.

Ele se apresentou e os dois seguiram os negros que transportavam a caixa.

— Pela primeira vez vamos mostrar quem somos. E a contribuição das províncias é grande. De onde o senhor é?

O padre disse de onde vinha e reclamou que, para as pessoas da província, tudo era mais difícil.

— Mas o senhor está aqui.

— Só eu sei o que passei para conseguir chegar.

— Mas chegou e traz um invento. Não veio para expor minérios ou produtos agrícolas. O senhor está aqui porque criou algo. Representa a nossa inteligência.

— Deste jeito, tudo fica bonito. Mas a verdade é que a inteligência carece de valor. E a ela não se destina quase nada além de palavras.

— Não foi minha intenção — Rischen disse, com a voz desinflada.

— Não, não estou falando do senhor. Em minha terra, até hoje, só tenho recebido elogios.

— Tudo pode mudar. Quando nossos produtos chegarem à Exposição Universal, começaremos a ser um país respeitado também pela indústria, pelos inventos. Seremos um país de fato independente.

— Um país que quer conquistar a independência econômica com o trabalho escravo.

— Também isso está se modificando. E esta exposição talvez ajude a pôr fim à escravidão.
— Não vejo como.
— Estamos mostrando outro país. Criando novos ramos de ação. E nos abrindo para a civilização, que não admite mais escravos.

Chegaram à sala destinada às invenções. Da janela dava para ver os últimos arranjos no pátio interno, onde havia várias espécies de nossa flora. Os negros abaixaram a caixa e, sem que ninguém ordenasse, abriram a tampa com um facão que se encontrava no meio da bagunça de tábuas e peças. Padre Azevedo e Rischen pararam a conversa para acompanhar a ressurreição da máquina. Ela não podia ser vista ainda, pois estava enrolada em tecidos coloridos. O padre tinha envolvido seu invento em velhas redes de dormir, para que ele não sofresse avarias na viagem. Os negros foram tirando os panos e encontraram em um canto um embrulho de papel, amarrado com barbante. O padre se aproximou deles, envergonhado, e pegou o pacote. Eram suas roupas. Algumas camisas, peças de baixo, um par de calças. Nada mais trouxera. Para facilitar a viagem, guardara as roupas ali, mas havia se esquecido disso.

Os negros continuavam desembrulhando a máquina. E logo ela se anunciou pelo cheiro. O odor de algodão sendo substituído pelo de madeira; e a máquina, construída em jacarandá, foi posta em pé pelos trabalhadores. Parecia um pequeno piano. Outras pessoas que estavam na sala, organizando o que haviam trazido para expor, interromperam o serviço para olhá-la. Pela primeira vez na viagem, o padre se sentiu alegre. Não fora um sonho, como ele, em seus momentos de dúvida, temera. Ali estava a sua criação, e ela era admirada pelas pessoas. Por pessoas que já tinham visto muita coisa. Nada parecido com aquilo, no entanto.

Como bom provinciano, estava cumprindo o prazo de entrega de material, estipulado até 25 de novembro deste ano de 1861. Chegara no último dia, por isso fora direto ao prédio da Escola Central. Sua máquina estava acomodada no lugar que lhe indicaram. A de Rischen se encontrava lá também, e este perguntou se ele passaria os dias ali, ao lado de sua invenção. Para isso tinha vindo, foi sua resposta. Para explicar o seu funcionamento. E este amigo que acabara de fazer lembrou que seria melhor arrumar uma cadeira confortável que se encaixasse bem no console da máquina. O padre imaginava que tais providências seriam tomadas pela comissão organizadora.

Mais um impasse, pensou o padre. Eram sem fim os problemas que tinham que ser vencidos. Não espantava fossem tão poucos os inventores neste país onde tudo está ainda na infância. Enquanto ele mastigava interiormente suas mágoas, Rischen saiu com os negros que o auxiliavam e logo voltou com uma cadeira que, embora em estilo rococó, o que destoava da máquina, se adaptou perfeitamente ao móvel. Antes de se sentar, ele quis saber a origem daquela cadeira.

— Consegui emprestada na sala da direção da escola — respondeu Rischen, com um sorriso malandro.

— Por acaso o senhor não a teria retirado sorrateiramente do escritório do diretor?

— Não, meu caro. Está aqui o recibo de empréstimo — e lhe estendeu um papel —, tudo que fiz foi incentivar a boa vontade de um dos funcionários com uma pequena gorjeta.

Mesmo assim, Azevedo ficou envergonhado. Ainda bem que outro fizera isso por ele, pois não conseguiria propor algo semelhante a ninguém. Envergonhava-o qualquer ato que não fosse estritamente correto. Não se permitiria participar de um negócio em que se dariam benefícios para que um funcionário fizesse algo que era sua obrigação. Mesmo censurando o método, sentia-se tranquilo por ter agora uma cadeira. Completavam-se assim os arranjos para sua participação.

Apresentara repetidamente o funcionamento da máquina na exposição do Recife. E em breve teria que fazer tudo de novo. O bom de explicar tanto a sua máquina é que ele ia tendo uma melhor visão dela. Devia mostrá-la a quem nada entendia da escrita mecânica. E em alguns casos deixava que a pessoa a experimentasse. E elas iam apontando dificuldades, que exigiam melhorias. Enquanto fazia essas demonstrações, aperfeiçoava o invento. Nunca terminamos de inventar uma máquina, ele pensou.

Rischen e outras pessoas da sala esperavam que ele escrevesse algo nela. Quando percebeu isso, foi salvo por um dos inspetores. Era o mesmo homem que se recusara a auxiliá-lo lá fora.

— O senhor precisa preencher os dados desta declaração de entrega de material.

E foi fazendo as perguntas: o nome do expositor e o lugar de sua residência? Respostas fáceis, pois o padre não tinha dúvidas quanto a isso. Estava acostumado a repetir o nome que herdara do pai e o endereço no Recife, na rua da Ponte Velha. O problema foi responder às perguntas seguintes.

— Qual a natureza do objeto que o senhor vai expor?

— Uma máquina taquigráfica, destinada a captar discursos e sermões.

— Sim, mas a qual grupo ela pertence? Indústria metalúrgica? — O inspetor nem olhara para a máquina a poucos metros dele.

— Deveria ter sido fundida em metal, mas me foi impossível. Trata-se de um exemplar em madeira.

— Coloquemos então no grupo quatro, das artes mecânicas. Vamos ter que fazer uma pequena mudança, levando-a para a galeria contígua — e agora ele procurou com os olhos a máquina. — Mas os nossos homens fazem isso. O senhor não precisa se preocupar — o funcionário complementou.

— Não estou preocupado — o padre disse.

Adensara-se o pequeno grupo ao redor dele e do inspetor. Todos queriam ver a máquina. Mas alguém da comissão organizadora trouxe um tecido branco, que foi posto sobre ela. E logo as pessoas voltaram a seus afazeres, menos Rischen, que se mantinha atento à conversa.

— Qual o valor do seu produto?

A esta pergunta ele não poderia responder. O objeto em si tem um valor mínimo. Mas e a sua concepção? Podia colocar um valor absurdo como dois contos. Dizia-se que a exposição toda custaria no mínimo dez contos. Aliás, poderia ser este o valor da máquina: dez contos. Tais delírios do padre não condiziam com sua natureza tímida e humilde. E ele não teve coragem de declarar isso no documento, pedindo para que se escrevesse "sem valor definido". O inspetor tomou nota e depois advertiu o padre.

— O regulamento, no seu artigo 14, diz expressamente que os expositores não poderão comercializar os produtos enquanto eles estiverem expostos.

O funcionário era o homem-regulamento. Se tudo estivesse previsto no regulamento, ele não precisaria pensar. Bastava cumprir as determinações. Ou não cumprir, dependendo da conveniência. Padre Azevedo assinou a declaração, dando por concluída a primeira etapa de sua aventura na Corte. A máquina estava entregue, e não tinha sofrido nada na viagem.

— Um inventor pertence a um país que ainda não existe — Rischen disse ao padre, enquanto vagavam pela desordem da exposição.

Havia um desvio para o entusiasmo neste homem. Ele criara

um ventilador para classificar café, o que garantiria melhor qualidade para o produto, e nutria uma crença total no país, não no país lá fora, com todas as suas limitações, com sua pequenez industrial, mas em um outro que o substituiria. O nacionalismo era uma forma de religião também, fé no que ainda não podemos ver.

Azevedo tinha visto a máquina de ventilar de Rischen, um mecanismo simples, tocado a vapor, com polias, correias e separador de grãos. O vento afastava os mais leves, criando um padrão pelo peso, diferente do sistema de peneiras, que selecionava pelo tamanho, sem eliminar os grãos chochos.

Rischen, que era da cidade do Rio de Janeiro, explicou o maquinismo com orgulho, não o orgulho de ter inventado aquele dispositivo de separação, mas de que isso fosse possível nos trópicos.

— Produziremos mais café porque nossas terras são boas. Mas produziremos um café de qualidade superior porque teremos uma maquinaria apropriada.

Ao ouvir a palavra maquinaria, o padre se entristeceu. Maquinaria era coletivo, e ele viu um ventilador daquele em cada fazenda de café, mas quando pensou em sua máquina, teve a sensação de que ela continuaria sendo apenas um único modelo, nunca chegaria a se multiplicar, começo e fim de uma espécie que jamais se reproduziria. Não imaginava uma máquina taquigráfica em cada assembleia provincial, captando os discursos. Um Adão sem descendentes.

— O café em breve será um sinônimo deste país. É no encontro da lavoura com a indústria que está a nossa riqueza.

— O senhor devia escrever isso — o padre disse, por educação.

O outro percebeu então que todo o seu discurso negava a máquina taquigráfica, que não se encaixava neste paraíso de uma agricultura enamorada da indústria, e tentou ser gentil.

— É esta a história, meu padre, que as gerações futuras escreverão na sua máquina.

O tom ufanista desagradava a Azevedo por ser postiço.

— Que ela ao menos escreva cartas de amor mais sinceras.

— Como assim mais sinceras? Toda carta de amor é sincera.

— Cartas de amor saem de nossas mãos. A escrita está muito próxima do corpo, muito colada a quem ama. A máquina criará distanciamento, tornando as palavras mais impessoais.

Rischen ficou pensando nesta afirmação, sem entender como alguém poderia querer que a literatura, e não havia literatura mais intensa do que a das cartas de amor, se afastasse das pessoas. Foi até uma mesa, onde estava um exemplar do *Diário do Rio de Janeiro*, leu umas linhas e, voltando para perto do padre, lhe entregou o jornal.

— O senhor tem razão, a palavra impressa, mesmo quando de um autor desta nossa escola romântica, é mais fria.

Logo ele se despediu, tinha que passar na fábrica. Havia uma pressa jovial nele, como se o futuro o estivesse esperando na porta de entrada da Escola Técnica. Ele cumprimentou formalmente o amigo e saiu, num arranco teatral, arrebentando uma corda imaginária que os separava. Os negros o seguiram, distantes.

Nas mãos do padre, restou o exemplar do *Diário do Rio de Janeiro*. Ao abrir a folha, a primeira coisa que viu foi um anúncio da casa de banho Pharoux: "Vá tomar banho na Pharoux que é disso que o senhor precisa". Aquela ordem parecia dirigida a ele. Fizera uma toalete completa antes da viagem, até cortara o cabelo, para se apresentar civilizadamente na Corte. Mas, assim que entrara no navio, começara o seu tormento físico. O calor do fim do ano era muito mais intenso a bordo. Também o medo do que poderia acontecer, principalmente do que poderia não acontecer na Corte, fazia com que ele transpirasse muito. A cada novo desafio, ele pensou, voltamos a ser o menino submetido a provas orais sobre um conteúdo hermético. Estas pequenas crises nervosas, as horas de suor, a comida um tanto pesada, tudo isso deve ter contribuído para o enjoo que veio na altura da viagem em que o navio começou a jogar muito, estapeado pelas ondas. No começo, era apenas um leve mal-estar, manifestação física das ideias transtornadas do padre; ele não conseguia deixar de pensar em tudo, na Exposição Nacional, na sua máquina, nos seus outros inventos, no pai morto quando ele era jovem, nos seus alunos, e esta mistura tempestuosa de memórias encontrava uma continuidade no revolvimento de suas vísceras. Ele então foi em busca do licor estomacal de Chartreuse, disponível a todos, na esperança de melhorar ao menos a parte fisiológica. Como ele insistia em tomar notas sobre seus inventos, e não aproveitando nada das qualidades terapêuticas do licor, a sua situação se agravou e ele começou a ter crises de vômito. Não sabe até onde interferiu nisso a cena de desespero de uma senhora igualmente enjoada a gritar no convés que queria morrer. Era este também o seu desejo, tal o incômodo causado pelo balanço do navio. A mulher andava de um lado para o outro e pedia a morte, confessando uma fraqueza que os demais passageiros tentavam ocultar. Alguém, provavelmente um médico, aplicou nela uma dose de arsênico, o que a acalmou. Aos demais, foi oferecida um poção homeopática de noz-vômica, com a recomendação de que descansassem. Assim que o remédio caiu no seu estômago, o padre não teve tempo de alcançar a amurada do navio e regurgitou nas tábuas do convés. Foi a sua melhora, mas desde então aquele azedume não o deixara.

Era esta sensação de ranço, de sujeira brotando do próprio corpo, que o incomodava. Ali, longe do confinamento do navio, a maior parte das pessoas não exibia melhor aspecto do que o dele, mas, como era um tímido, com o trauma da pobreza tão longamente sofrida, a sua situação corporal o deixava ainda mais acanhado. As pessoas sentiriam o seu cheiro de suor, o odor sufocante de suas roupas, talvez até o acre daquele vômito antigo respingado em suas calças e nas botinas. Por isso aquele anúncio estava dirigido a ele, e o padre repetiu interiormente a ordem: vá tomar banho na Pharoux que é disso que o senhor precisa. Sim, ele realmente precisava. Mas havia um medo. Nunca fora a tal tipo de casa e, desde a infância, quando tomava banhos no rio Sanhauá e no mar de João Pessoa, evitava expor publicamente o corpo.

Viu o endereço da Casa Pharoux, ficava nas imediações da rua do Ouvidor, e decidiu apenas passar em frente para observar o prédio. Pegou o pacote com suas roupas, e saiu na direção da igreja do Rosário, reforçando o plano de visitar a irmandade negra que havia sido o centro religioso da cidade antes da chegada da família real. Na rua do Ouvidor, olhou as lojas, os homens com cartolas, as mulheres com seus vestidos armados, suas sombrinhas com enfeites e suas faces empoadas, de uma brancura que lhe pareceu exagerada, principalmente em contraste com a pele dos escravos que faziam serviços por ali. Ele não cobiçou as novidades expostas nas lojas, apenas ficou pensando se algum dia a sua máquina estaria sendo vendida.

Fazia o mesmo trajeto de quando chegara, mas em sentido inverso. Embora agora tivesse que manter os olhos abertos para não tropeçar em pedras soltas, ou mesmo esbarrar em alguma dama que aproveitava a tarde para se atualizar sobre as coisas de Paris ou em um ou outro intelectual a caminho da porta das livrarias, uma vez mais ele apagava tudo que havia na rua mais famosa da Corte para permanecer no quarto escuro de suas ideias.

Deixando esta habitação interior, informou-se com uns escravos que carregavam fardos — produtos de alguma daquelas lojas —, localizando o beco dos Barbeiros, bem próximo de onde ele se encontrava. No beco, viu algumas barracas com negros que trabalhavam com tesoura e navalha, outros apenas seguravam a bacia e os instrumentos com uma mão e um tamborete com a outra, procurando quem precisasse de seus préstimos. Era uma feira confusa, bem diferente da rua do Ouvidor, que no entanto ficava tão perto. Padre Azevedo observou um negro sorridente sentado num tamborete enquanto o barbeiro arrancava o seu dente com um boticão grosso; ele não podia frequentar, por ser escravo, a caridade do dr. Theodoro Borges Diniz, cirurgião-dentista formado pela Faculdade de Medicina do Rio de Janeiro, tal como aparecia no reclame publicado no jornal, com consultório na praça da Constituição, número 14, e que afirmava em letras imensas: aos pobres grátis. O seu consultório não estava, logicamente, aberto aos negros, condenados aos barbeiros feitos dentistas.

O que o intrigava na cena era por que uma pessoa ria num momento daqueles? O negro tinha o dente arrancado com violência e em público, o que era ainda mais constrangedor, e mesmo assim ria. Talvez por estar tão exposto estivesse simulando coragem. Ou a dor fosse tanta que produzia contrações, levando o rosto a errar a expressão.

Vendo aquilo, o padre decidiu não procurar as barracas e muito menos o barbeiro ambulante.

Entrou na primeira loja sem nenhum cliente, pedindo, com poucas palavras, para que o homem, um mulato gordo e grandalhão, lhe tirasse a barba. Felizmente, o barbeiro não era falante, e o padre pôde continuar em seu quarto. O sabão no rosto lhe deu uma sensação de frescor, que o contato com a navalha intensificava. Ao se virar um pouco, enxergou uma pequena vitrine à sua esquerda. Lá estavam as sanguessugas, vivas e famintas, prontas para ser aplicadas em algum doente. O padre sentiu um arrepio em todo o corpo, não sabe se pelo fato de, naquele momento, o aço da navalha ter tocado seu pescoço ou por ele ter imaginado aqueles seres viscosos, ávidos por sangue, movendo-se em sua nuca. Nunca se submetera às sangrias, e sempre o repugnara a visão das sanguessugas. Era um fraco, deixando-se impressionar por qualquer coisa. Se esta índole fora responsável pelos seus inventos, pois ele tinha uma capacidade de observar e de se comover com as coisas, ela era também uma fonte de sofrimento, o mundo o atingia de maneira muito intensa. Enquanto esteve na cadeira do barbeiro, não tirou os olhos das sanguessugas famintas, presas nas vitrines, esperando as vítimas. Terminada a barba, o seu rosto foi envolvido por um líquido que lhe causou mais incômodo, pois lembrava a superfície fria das sanguessugas nojentas, que se moviam prontas para trocar o vidro pelos doentes, para se prenderem no braço, nas pernas, nas nádegas ou nas costas deles. Sugavam até ficaram inchadas, daí se soltavam do corpo. Se fosse necessário, aplicavam-se outras no mesmo local. As primeiras eram deixadas em água para que soltassem o sangue e pudessem ser usadas novamente. Alugadas para os médicos ou aplicadas diretamente pelos barbeiros, aquelas sanguessugas já tinham estado em mais de um corpo. Elas eram íntimas de todas as doenças.

Pagou o serviço do barbeiro, confirmando o endereço da Casa Pharoux, e saiu para o calor da rua, para o tumulto de ambulantes, de negros vendendo todo tipo de coisa. Estava vazio o tamborete antes ocupado pelo escravo com o dente podre. O padre, sempre segurando o embrulho com suas roupas, foi para a casa de banhos, que lembrava uma casa comum, com venezianas azuis e uma entrada lateral. Ele parou na frente do portão, sem coragem de entrar, mas sentindo desejo de limpar-se e de conhecer o lugar onde nacionais e estrangeiros tomavam seus banhos para se apresentarem bem nos eventos ou em incertas alcovas. Não viu quando alguém, vindo por trás, colocou a mão em seu ombro:

— Queira entrar, meu senhor. Temos aqui o melhor banho da Corte. A água acabou de ser aquecida.

O padre deixou-se conduzir sem a menor resistência. No pátio lateral da casa, ele viu plantas e umas estatuetas de deusas nuas. Subiram dois degraus e entraram na sala, com marquesas de madeira escura nas laterais. Um homem gordo e com os cabelos de quem havia acabado de se lavar, mas com as roupas de rua, cochilava com as mãos sobre a barriga. O funcionário mostrou um corredor, perguntando se preferia um banho quente, morno ou frio. Antes que o padre se decidisse, ele se pôs a explicar as propriedades de cada um.

— O banho quente é recomendado para quem está sob qualquer tipo de opressão interior. A água bem aquecida produz uma distensão íntima, permitindo que o corpo todo repouse.

— Aquele senhor na marquesa... — e eles se viraram para a entrada.

— Sim, ele tomou um banho quente. Observe como descansa. E olhe que chegou aqui agitado, transpirando não apenas de calor mas também de irritação. E agora aproveita para dormir um pouco antes de voltar às suas atividades.

Eles pararam no corredor escuro. Como a casa de banhos mantinha as janelas fechadas, as pessoas não se viam completamente. Apenas se ouviam. Aquele homem que conduzia Azevedo também tinha o dom da fala. Os tímidos atraíam os bem-falantes ou o país todo era habitado principalmente por pessoas que conversam muito, a falação funcionando como marca da nacionalidade. Todos falavam. E falavam sobre tudo, como se estivessem vendendo produtos em uma feira. O padre não precisou perguntar pelas propriedades da água morna. A explicação veio em seguida.

— Sabe, eu tive que estudar este assunto para poder atender melhor os visitantes. Não sei se já falei ao senhor, mas cuido

deste estabelecimento, que é muito procurado não só por quem vem de fora. O senhor é de fora, não?
Mas ele não permitiu que o padre respondesse.
— Meu nome é Ataíde Ferreira. Sei tudo sobre a água, sobre a purificação dos sabões, os tipos mais adequados... A água morna, por exemplo, facilita o funcionamento orgânico. Ela não acalma como a quente, nem desperta como a água fria, esta sendo mais recomendada para os espíritos lascivos, que não me parece ser o caso do senhor, se me perdoa a indiscrição. Como o senhor se chama?
Azevedo gostaria de dizer que era padre, isso poderia evitar equívocos. Mas não conseguia competir com o funcionário da Pharoux. Era assim a Corte?
— Francisco João de Azevedo...
— Então, senhor Azevedo, o senhor prefere um banho morno, não é?
— Parece o mais adequado segundo sua teoria...
— Não é teoria, meu honrado homem, mas verdade científica — e, gritando para dentro da casa, pediu um banho morno.
Indicou uma porta, pela qual o padre entrou, guiando-se apenas pelas luzes que vinham das frestas da veneziana, o que dava uma luminosidade listrada ao aposento com banheira, uma cadeira e um aparador para dependurar as roupas. O chão era de pedras, e o quarto lhe pareceu amplo e desolado.
— Há na prateleira ao lado da banheira o melhor sabonete da Corte, produzido pelos senhores Ruffier Martellet & Cia., uma casa genuinamente nacional. Pode abusar do sabonete. Ele deixa a pele mais macia.
Nenhuma indústria com este nome poderia ser *genuinamente nacional*. O sr. Ataíde saiu e o padre começou a se despir, soltando o colarinho. Então pensou que a qualquer momento entraria alguém para preparar a água do banho. E este alguém

talvez fosse uma mulher. Só então ele percebeu que a casa de banhos poderia ter outra função e ficou em pânico diante desta hipótese. Como reagiria a um banho assim, que o devolveria ao tempo de criança, quando a sua mãe o lavava numa cuba pequena, as mãos meigas percorrendo seu corpo? Era uma de suas lembranças mais ternas, os dedos úmidos da mãe esfregando seu peito. Não foram muitas vezes, mas o suficiente para que ele nunca se esquecesse. Os solitários se apegam mais ao passado, às lembranças. O menor carinho se mantém imorredouro. Não eram as mãos da mãe que ele temia, mas as de alguma mulher que o friccionasse nas partes sensíveis, porque ele também as tinha sensíveis, era um corpo como qualquer outro, puro na medida em que não priorizava a carne, mas sob o reinado de tudo que a carne conhece. As mãos de uma mulher que guardassem movimentos secretos, que só se revelavam na escuridão dos quartos, submersos nas águas aquecidas de uma banheira.

Ele se sentou com todas as roupas na cadeira que estava ali à espera talvez de um corpo nu. E ficou ouvindo o barulho da casa silenciosa e sombreada naquela tarde tropical. Um coche passou na rua. Alguém oferecia peixes na casa ao lado ou em frente, oferecia cavalas, cavalas frescas. Elas saíram da água e agora estariam na cesta de algum escravo, as escamas ressecadas, os olhos vidrentos. Ele ouviu um barulho de água passando de uma vasilha a outra, o extravasar dos líquidos. Sua garganta ficou subitamente seca, a respiração se intensificou, como se faltasse ar no quarto. Ouviu o barulho de passos. A porta foi enfim aberta, o que não aumentou em nada a claridade de seu claustro. Em qualquer lugar em que ele estivesse seria sempre um claustro, nunca um quarto comum.

Um negro de roupas beges e limpas entrou com uma tina nos ombros e Azevedo se ergueu. Mas o escravo nem olhou a visita, aproximando-se da banheira e despejando lentamente a água. O vapor chegou ao rosto do padre. O negro saiu, deixando a porta aberta, e logo voltou com mais uma tina, e depois com outra. O quarto todo foi tomado pelo vapor.

— Nhô pode agora tomar o seu banho — o negro disse quando entregou uma toalha branca, revelando as suas mãos imensas.

O padre foi até a porta, travou-a com a taramela de madeira, sentindo-a pegajosa de tantas mãos suadas como a sua naquele momento, e se aproximou do aparador. Tirou as roupas até a última peça e, descalço, sentindo sob seus pés a porosidade das pedras que também transpiravam, entrou na banheira. A água estava muito quente, e não morna como o sr. Ataíde recomendara. Ou fora um erro do escravo ou o patrão administrara outro banho, refazendo o diagnóstico de seu estado.

Lentamente, padre Azevedo afundou o corpo na banheira. Uma lassidão tomou conta dele. Era bom estar ali no escuro, o corpo imerso nas águas aquecidas. Ficou alguns minutos apenas descansando. Fechou os olhos e sentiu cada um dos seus poros se abrindo, iguais a minúsculas bocas de peixe. Quase adormeceu, imaginando-se no fundo do mar, em meio a um cardume de peixes parados.

Quando a água começou a esfriar, ele despertou, pegou o sabonete na prateleirinha ao lado e ensaboou cuidadosamente o corpo. Havia também uma bucha de algas marinhas, mas ele a dispensou. Foram suas mãos solitárias de velho, embora ele ainda não tivesse a idade delas, que o esfregaram.

As chinelas de couro rangiam contra o assoalho de madeira, e ele ouvia o atrito causado pelos mínimos grãos de areia. Passos de um assaltante que se aproximava de seu quarto, pensava o órfão que ele continuava sendo. Por que à noite tudo demora mais? Ele estava na cama, o corpo atento, estudando a escuridão. Quem tem insônia aprende a ver no escuro, identifica tons de breu, e as superfícies mais negras se tornam luminosas, de uma luz inversa. Também desenvolve ouvidos que reconhecem os sons da casa. Acredita poder escutar o barulho dos cupins comendo o madeirame do telhado, o pó de seus dejetos caindo ruidosamente nas tábuas do forro. Súbito uma madeira estala em uma porta, despenca um inseto que estava grudado no teto, produzindo uma pancada surda, neste mundo mínimo ampliado pela noite. Os barulhos crescem enquanto ele espera. E ele sempre espera. Esperar é sua fé. Desde o início sabia que ia ser assim. Os passos chegam ao ponto mais perto dele — a porta do quarto —, mas não se detêm. Ele gostaria agora de ouvir o ranger da dobradiça, o pino funcionando contra os punhos de ferro, num atrito ruidoso. Mas as dobradiças continuam mudas e os passos seguem em fuga. Logo, o som de uma vasilha tirando água da tina na cozinha; ele pode ouvir a água excedente escorrendo de volta, cascata cantante. Dentes que batem contra as folhas da caneca, e os grandes goles de água forçando a passagem pela garganta, enquanto ele acompanha imaginariamente o percurso do líquido, todo o trajeto que fará até que seja apenas sobejo, eliminado não agora, mas quando o dia estiver nascido e as coisas voltarem a ser o que são, e não essas fantasmagorias inventadas pela insônia. A água retornará como urina, na cor de ouro velho, amadurecida nas entranhas, no percurso de reentrâncias. Uma água que se suja do que somos, vertida em vasos malcheirosos. Água-alma, ele pensou. Os passos novamente no corredor, lerdos como só é possível à noite, porque durante o dia são os afazeres, as providências domésticas, um ir e vir no tabuleiro de cômodos, mas agora existem poucas paredes — à noite as paredes diminuem — entre os dois corpos nunca em outro horário tão próximos. Está ali, em frente à sua porta, o som dos chinelos rangentes aumenta e depois começa o declínio, ele acompanha cada movimento, a mão na alça de ferro da porta do outro quarto, o mover da folha de madeira, que raspa levemente o assoalho, porque mesmo estas pranchas empenam, e, quando enfim a casa volta a ser silêncio, ele sabe que a porta ao lado permanece aberta, e o que era só insônia virou sede, ele se mexe na cama, revira-se sobre o lençol áspero, então se senta e acende a vela de sebo ao lado da cabeceira, apertando-a com os dedos tensos, como se quisesse sufocá-la e não apenas segurá-la. Levanta-se e vai até a porta, que estava apenas encostada. Quando a puxa, sente um ar mais fresco vindo do corredor. A chama da vela se deita, mas ele a quer ereta, então a protege com a mão livre, e caminha até a passagem desimpedida do outro aposento, passos curtos, mas que não se arrastam, pés de veludo que de si mesmo se ocultam, não denunciam o que desejam. Quando ele alcança a soleira, gotas quentes de sebo escorrem da vela e queimam sua mão, mas ele não sente dor já que tudo tem a mesma temperatura. A janela deste outro quarto está escancarada, e ele vê que a noite é sem lua. De súbito um vento apaga a vela, ele tira os olhos da noite externa e os deita sobre a noite que está na cama, uma silhueta negra, mais escura do que o escuro, densa como boa madeira, ganha um corpo de sombra em que se desenha uma lua retangular de dentes. Deus talvez não veja.

Escravo fugido

Fugiu no dia 3 do corrente um escravo de nome Roque. Anda calçado, de relógio ou fita, somente fingindo. De estatura ordinária, corpo um pouco reforçado, pisa com os pés para fora e com os joanetes dos pés, porque esteve quase aleijado por bichos. Rosto comprido. Quem o levar à rua do Fogo, nº 17, será gratificado. Protesta-se contra quem o tiver acoitado.

Diário do Rio de Janeiro, 10 de dezembro de 1861.

Civilização

Depois de ter livrado o corpo de toda aquela sujeira, a viagem de navio tinha enfim terminado e ele precisava continuar o seu percurso. Encontrou um coche de aluguel na rua do Rosário e pediu para ir ao morro da Conceição, ao palácio Episcopal. O coche rodou velozmente, fazendo tudo chacoalhar, e mesmo nesta velocidade foi ultrapassado por três moços em seus cavalos em disparada.

— Loucos — Azevedo ouviu o cocheiro resmungar.

Acidentes aconteciam por causa desses desvarios da juventude. Eles podiam passar sobre alguma moça mais distraída ou causar um acidente com os carros que circulavam na cidade àquela hora de retorno à casa. Estava anoitecendo, senhoras acompanhadas buscavam a rua do Ouvidor para aproveitar a iluminação a gás e o brilho das vidraças. A cidade muda de aspecto neste horário. Os homens da política, com seus eternos comentários sobre a queda ou não do atual ministro, dão lugar aos jovens desejosos de aventuras. E surgem esses cavaleiros ansiosos para exibir destemor, mostrando virilidade nas corridas. Civilização era antes de tudo mostrar-se. Se na Escola Técnica haveria a Exposição Nacional, ali, na rua do Ouvidor, ocorria uma exposição permanente.

Perdido em tais ideias, padre Azevedo não entendeu direito o que o cocheiro dizia ao parar o veículo.

— Já chegamos? — perguntou.

— Não subo até o palácio do Bispo, a ladeira é perigosa. O senhor termina o trajeto a pé.

Por que as pessoas tinham que ser maltratadas? Isso também era a civilização. Ele pagou pelo serviço e viu o veículo se afastar, os cavalos logo assumindo um trote festivo. Embalado por essa música, começou a subida. A estrada era mal calçada e muito inclinada. Logo começou a transpirar. Ao atingir, exausto, a crista do morro, encontrou o edifício acaçapado, sem arquitetura ou beleza, que mais aparentava uma casa particular. Era bem menos imponente do que o palácio da Soledade, no Recife. O aspecto doméstico do prédio agradou ao padre. Aquela seria, por algumas semanas, a sua casa. Antes de subir os sete degraus que o levariam à entrada, olhou a cidade. Era possível ver as igrejas, como se o bispo as vigiasse dali, ou como se elas estivessem sob sua proteção.

— Deus me perdoe, mas em todos os lugares são muitas igrejas. Mais do que talvez os pecadores precisem — ele disse em voz baixa.

A face principal do prédio se encontrava voltada para o mar, o que lhe recordava seu tempo de estudante no Seminário de Olinda. Tirando os olhos do oceano e da cidade, e fixando-os no prédio, notou as grades de ferro das sacadas do andar superior. O ferro ia tomando conta de tudo; isto devia ser um acréscimo recente ao velho edifício: no lugar das rótulas de madeira, as grades. Estamos fazendo a passagem da madeira para o aço industrial.

Entrou no palácio e foi recebido na câmara eclesiástica por um funcionário. Apresentou-se e pediu para ver o bispo, o conde de Irajá, recusando educadamente o convite para se sentar. O conde logo apareceu, com sua feição serena, própria dos caridosos. Cumprimentaram-se afetuosamente, recordando o tempo em que ele fora professor da cadeira de teologia moral no Seminário de Olinda, quando o estudante Francisco João de Azevedo Filho se destacara por sua seriedade, por seu amor aos estudos, principalmente pela dedicação às disciplinas científicas. Manoel do Monte publicara então o *Compêndio de teologia moral*, em dois volumes, obras que padre Azevedo ainda guardava.

Foram três anos de convívio diário no curso de teologia, entre 1835 e 1837, até o padre Manoel do Monte Rodrigues de Araújo interromper a carreira no magistério, mudando-se para o Rio como deputado pernambucano na Assembleia Geral. Depois se tornaria bispo, deputado pelo Rio de Janeiro, capelão-mor do Império e conde. Não era esta trajetória que unia os dois, e sim a origem deles, o vínculo mais duradouro de todos. Manoel do Monte ficara órfão de pai cedo e fizera seus estudos com muito sacrifício, tendo se educado graças aos rendimentos da mãe quitandeira. No Brasil, muitos vêm desta mesma história de pobreza, mas poucos se reportam a ela. Mesmo agora, na condição de conde, ele se dedicava aos necessitados, que eram de fato seus irmãos, porque nascidos das mesmas privações; e assim foi se fazendo a sua fama de bispo dos pobres. O seu amor pelos estudos e pela ciência também criou um parentesco espiritual entre professor e aluno. Era bom estar ali com o antigo mestre, com aquele homem de bem, agora uma voz importante na capital do Império. Mas uma voz que não gritava, que não impunha, e que só se erguia pelos rotos.

O bispo quis saber de conhecidos, e depois de ouvir um breve relato sobre eles perguntou:

— E o que o traz aqui, Francisco Filho?
O padre gostou de ser chamado como no tempo em que era aluno.
— Uma máquina — ele respondeu.
Percebendo o olhar de estranhamento do conde, detalhou o motivo da viagem. Tinha acertado por carta a sua estada ali.
— Claro, claro. Estávamos esperando. Em instantes, alguém vai mostrar os aposentos que reservamos para você.
Ao dizer isso, o bispo olhou para o funcionário que acompanhava a conversa. Este saiu para o interior do prédio. E os dois amigos foram para a sala principal, o bispo não se sentou em sua cadeira, mas em uma marquesa. A viagem de chegada estava enfim terminando. Para o padre, todas as viagens são de chegada. Só existiriam viagens de partida se nunca atingíssemos lugar algum, se permanecêssemos em eterno movimento.
— Conte-me um pouco sobre esta máquina — pediu o bispo, como se ele fosse um dos pobres que se agrupavam à porta do palácio, esperando por ajuda e atenção. Esta personalidade ligada à casa imperial fora um estudioso de geometria e matemática, dentro da linha mais científica que o bispo Azeredo Coutinho havia impresso no Seminário de Olinda. Padres cientistas, assim eram conhecidos. Padres iluministas. Padres revolucionários. Azevedo ainda recebeu os últimos lampejos dessa formação técnica, pois no seu tempo o Seminário de Olinda começaria uma retomada dos estudos religiosos.
Mas havia o grande exemplo das gerações anteriores, dos padres envolvidos com a Revolução de 1817, da qual o pai de Azevedo participara. Ele descendia daquele ensino avançado do seminário, mesmo tendo participado de seu ocaso. Azeredo Coutinho queria padres que entendessem de ciência, para identificar as riquezas do Brasil e multiplicá-las. Padres mundanos, diziam os seus opositores. Mas o antigo bispo de Olinda tinha dado ao

clero um papel ativo no país em construção. Em suas paróquias, no sertão mais remoto, eles estariam cuidando das almas mas também do desenvolvimento material da região. Os dois, Manoel do Monte e padre Azevedo, eram produtos deste ensino. Reordenando as memórias a partir daquele ponto em comum, enquanto terminava de escurecer, eles ficaram conversando sobre o passado e também sobre os inventos de Azevedo, principalmente sobre o seu principal projeto, a máquina de escrever.

No dia 1º de dezembro, às vésperas da abertura da exposição, dormiu depois do almoço. Não era um hábito seu, o dia valia demais para quem não parava de pensar, mas estavam suspensas as suas atividades e ele pôde descansar um pouco.
Acordou no fim da tarde, ouvindo a conversa dos pobres na porta do palácio. Já se acostumara a isso. O bispo, na primeira tarde depois da sua chegada, o levara até a entrada principal, onde iria atender os que subiam o morro em busca de auxílio. Assim que alcançou a soleira, dispensando a proteção dos funcionários, ele se misturou ao povo, que fazia os mais variados pedidos. Alguns queriam só comida, e estes eram os que davam menos trabalho. Havia sempre comida no refeitório, e os cozinheiros já estavam prontos para distribuir pratos de sopa, pedaços de carne em folhas de bananeira para os que queriam levar algo aos familiares. O bispo primeiro atendia os famintos, encaminhando-os para os fundos do prédio por intermédio de um ajudante. Era o seu rebanho de rotos: pés no chão, roupas sujas e rasgadas. Uma procissão triste. Depois, quando a pressão de corpos contra a grade de ferro e contra o próprio bispo diminuía, começavam os pedidos mais difíceis. Uma colocação para um afilhado; ajuda para conseguir libertar uma escrava, mulata por quem certo mascate se apaixonara e com quem queria se casar; dinheiro para um

doente que precisava de remédios; vaga em algum seminário, na classe dos gratuitos, para um filho ou para um irmão jovem, com sonhos de estudo; enfim as carências humanas em toda a sua variedade. Vendo a desenvoltura do bispo para lidar com esses fiéis afoitos, padre Azevedo entendeu a sua natureza política. Era antes de tudo um homem no meio dos homens.

— Não teme alguma agressão? — perguntou-lhe Azevedo.

Ele ficava imaginando os pedidos que não podiam ser atendidos, alguém talvez se revoltasse contra quem morava num palácio.

— Esses pobres são a minha guarda de honra, e deveriam ser de todos os bispos.

Findo o horário de atendimento, muitos deles ainda desciam a ladeira; os dois se recolheram ao palácio, onde estava sendo servido o jantar, não muito diferente do que fora destinado aos pedintes.

Durante a refeição, o pão no centro da mesa, cada um tirando a sua parte com as próprias mãos, dom Manoel do Monte Rodrigues de Araújo revelou seu entusiasmo pela exposição, como se estivesse ainda em meio à sua guarda de maltrapilhos.

— Amanhã começará a grande festa industrial e artística. Note que coloco o adjetivo industrial na frente. Esta exposição será o nosso mais completo inventário. Depois dela, os contornos da pátria estarão definidos, não por palavras, mas por produtos. Teremos uma coleção de objetos que nos representará aqui e lá fora. O imperador está muito contente com o que o Imperial Instituto Fluminense de Agricultura e a Sociedade Auxiliadora da Indústria Nacional nos dão, uma verdadeira amostra do país.

— O senhor acha que teremos muito público amanhã?

— Com certeza, e as providências já estão sendo tomadas para o deslocamento da família imperial. Mas não podemos ver a exposição apenas como um momento de espetáculos.

— Não quis afirmar isso.

— O imperador vê esta exposição, e também as das províncias, como uma forma de aquilatar a riqueza pública, um grande passo para o aperfeiçoamento e o progresso do Brasil.

Diante dessas palavras próprias de um político, padre Azevedo se calou. Até o bispo dos pobres falava em riquezas, mas tratar da riqueza, conquanto do país, diante de um homem como ele, que encontrara tanta dificuldade para concluir seus inventos, era motivo de constrangimento. Um país rico, homens pobres. Não se referia aos homens do povo, que vira aglomerados em torno do bispo, suplicando o mínimo, mas àqueles mais preparados.

A comida simples não lhe caía bem, pois o irmanava aos miseráveis. Ele também estava ali pedindo o pão, o pouso, o reconhecimento. Era mais um à porta do conde generoso. Se não havia excessos na alimentação, os móveis, os empregados e as roupas do bispo marcavam uma distância; era como se ele continuasse do lado de fora do palácio, com os de sua sina.

Quando, ao chegar, e sendo acolhido pelo administrador, este perguntou pela bagagem, padre Azevedo mostrou o embrulho que tinha nas mãos. O outro tentou tomar-lhe o pacote, mas ele insistiu que não precisava de ajuda. Apenas indicasse onde poderia dormir, a viagem vinha sendo longa. E lhe foi destinado um dos quartos, o último no corredor. Não havia quase nada ali, devia ser aposento para visitas comuns, e ele se sentiu ferido. Ao mesmo tempo que desdenhava distinção, queria um pouco dela.

Quando o administrador o deixou só, ele desamarrou o embrulho e retirou suas roupas, guardando-as numa cômoda, único móvel além da cama. Dobrou o papel e enrolou o barbante, escondendo-os sob o colchão. Recusaria o jantar se não tivesse passado o dia sem comer.

Se não podia reclamar da hospitalidade, todos demonstraram alguma atenção a ele, principalmente depois da divulgação do motivo de sua viagem, não se sentia bem naquele lugar. Procurara o palácio por não ter para onde ir. O dinheiro que recebera para a viagem era pouco, devia economizar. E agora criaria confusão se revelasse algum desejo de mudança.

O conde continuava seus comentários sobre a exposição.

— Muitos pessimistas estão dizendo que este é mais um ato vazio de nosso dirigente. Que continuem gritando contra tudo, enquanto os homens de visão vão lançando sementes.

O político nunca fala, sempre discursa, mesmo que seja neste tom sussurrado do bispo. Uma única pessoa que o ouça já é uma plateia, muitas vezes nem precisa desta única pessoa, discursam interiormente, para os próprios fantasmas. Azevedo começava a ficar preocupado com os resultados da exposição, pelo menos com os resultados para ele. Eram palavras em demasia.

— Terá também um caráter educativo — o padre afirmou, timidamente.

— O senhor padre usou a palavra certa. Servirá para educar e por isso acontece no prédio de uma escola. Nossa indústria poderá descobrir muitos materiais na exposição, vindos das províncias mais remotas. Os inventores independentes como o senhor poderão conhecer industriais, os agricultores e artífices descobrirão novos produtos. Ela atuará positivamente sobre o ânimo de todos.

— Talvez mostre que somos apenas um país agrícola.

— E em essência somos, mas a agricultura tem que estar também dentro de uma ideia civilizadora. É isto a exposição, uma força civilizadora.

Quando o jantar terminou e a sobremesa foi servida, o padre a recusou e disse que gostaria de fazer um passeio até o prédio da escola.

— Iria junto se não tivesse que preparar meu sermão.

Ele seguiu sozinho pela rua da Vala.

A tarde tingia as casas de um amarelo-avermelhado. Vários

estabelecimentos comerciais já tinham cerrado suas portas, mas em alguns ainda se concentravam pessoas, talvez em busca de bebida. Se gostasse de beber, poderia se entregar a momentos de descanso interior. Ao contrário da grande maioria, a sua cabeça estava sempre em funcionamento, principalmente nesses períodos em que não tinha com quem conversar, ou mesmo quando apenas ouvia as pessoas, que falavam como uma forma de crer em si. Fala-se tanto para que as ideias façam sentido para si próprio. Pensa-se por razão inversa, para corroer as ideias.

Alguns dias sem ver a sua máquina e ele novamente começava a duvidar dela. Talvez passasse uma grande vergonha na frente de pessoas importantes. Tinha ou não tinha certeza de que ela conseguia mesmo escrever?

Fizera imprimir, por sugestão e cortesia de seus protetores, na Tipografia Nacional, um pequeno opúsculo sobre o seu funcionamento, mas este ainda não ficara pronto. Seria distribuído durante a exposição. Era uma obra singela, intitulada *Esclarecimentos sobre a máquina taquigráfica*, revelando os princípios básicos de uso deste equipamento que, desde a exposição provincial, vinha despertando muito interesse. Talvez ele tivesse mesmo inventado algo diferente e aquela fosse a véspera de sua notoriedade. Estamos sempre esperando o momento em que algo mudará nossa vida. Mas, no mesmo instante em que pensava isso, lá vinham as dúvidas. Ele não passava de um menino pobre que estudara tarde, devia favores a todos, continuava despertando a comiseração das pessoas, embora tivesse conseguido algum sucesso, mas sua índole altiva e tímida não ajudava muito e em breve ele voltaria à sua existência obscura. Para Deus não existe existência obscura, ele pensou. Mas prevaleceram os pensamentos negativos. Ninguém que morasse num país de coletores de frutas e de caçadores, em que imperava a indolência, poderia inventar algo importante. Aquilo era um sonho.

Quando chegou à escola, já escurecia e alguns homens ainda concluíam a construção de dois coretos no pátio. Teremos alguma apresentação musical, pensou. A decoração do prédio estava pronta. O padre quis fazer um reconhecimento daquele lugar, para se sentir menos estrangeiro na festa, embora, em alguns momentos, ousasse pensar que seu invento seria a principal atração. O homem que criou a máquina em breve poderia ser o orgulho do país.

Mas ele não se decidia para onde ir. Com passos lentos, foi se aproximando da entrada. As portas estavam abertas; não ao público. Havia um guarda, ele não tentaria ingressar como visitante comum nem como expositor, pois isto demandaria longas explicações, pedidos a superiores, e o padre não desejava enfrentar esse tipo de situação. Apenas contemplou as bandeiras na fachada, resolvendo contornar a construção pela direita. Havia um cheiro ácido de urina nas imediações e isso lhe desagradou. Somos um pântano. Por mais que acrescentemos melhorias, continuariam a existir esta e outras aberrações. O cheiro, mais intenso em certos pontos, não foi o bastante, no entanto, para afastá-lo de suas fantasias. Ali estava uma das principais escolas do país, com as atividades administrativas suspensas para receber a riqueza do solo e da mente nacional. Se urinavam ao redor dela é porque não sabiam da importância do que se juntara lá dentro, mas amanhã, amanhã isso seria revelado a todos.

O entusiasmo era contagiante?, ele se perguntou depois desses raciocínios.

Em sua caminhada, nem viu a noite se aproximar. No verão, escurecia mais lentamente e mal percebera o passar dos minutos, pois parava em cada janela, evitando os odores ácidos para farejar o perfume de jacarandá de sua máquina. Tentava identificar qual daquelas janelas era a da sala onde ela se encontrava. No momento em que a entregara aos inspetores, não se fixara na posição destinada a ela no prédio. Por isso, aproximava-se das janelas, tentando ver algo, sem se deter muito para não despertar suspeitas. Se fosse abordado pelos guardas, ficaria envergonhado. Qualquer coisa o machucava profundamente e o receio dessas situações tornava-o arredio. Deve ter demorado mais de meia hora para dar a volta ao prédio. Também estudava o casario das ruas ao lado, o edifício do teatro São Pedro de Alcântara e as pessoas com quem cruzava. Se estivesse de bengala ou guarda-chuva, poderia portar-se de maneira menos suspeita, mas todos identificavam sua natureza de homem perdido. Devia tomar cuidado. Poderiam pensar que ele estava ali para arrombar as janelas e furtar algum objeto. Falava-se de uma pedra preciosa, de grande valor, remetida pela Tesouraria de Minas Gerais. Algum ladrão devia estar estudando a possibilidade de tomá-la para si.

Quando atingiu o ponto de onde partira, a noite já se fizera escura, um motivo a mais para ter receio. Umas poucas luzes nas redondezas não conseguiam iluminar o caminho, mas ele não tinha pressa. Perdia-se num tempo que estava para começar no dia seguinte. Buscava algum sinal de que era chegada a hora de se dedicar mais aos inventos, sem ter que mourejar em tantas atividades que lhe roubavam a força. Estamos sempre aguardando um sinal. Ainda havia gente no largo, onde os coches permaneciam estacionados. Podia distinguir apenas os vultos. Foi se aproximando deles e quase não acreditou quando o pátio e o prédio da escola foram ficando iluminados. Uma claridade que lhe machucou os olhos, já afeitos à escuridão.

O padre olhou o prédio e ouviu uma salva de palmas. As pessoas saudavam aquela luz. Uma luz a gás, que estava sendo testada, ele ficaria sabendo depois, e que só se acenderia nas noites seguintes, para divulgar a Exposição Nacional. Mas aqueles poucos minutos de intensa claridade artificial foram suficientes para ele se extasiar com as conquistas civilizadas.

* * *

Quando recebeu, em seu sobrado residencial, na rua dos Pescadores, a circular da comissão da Exposição Nacional dirigida aos habitantes da Corte e da província do Rio de Janeiro, conclamando para que participasse do grande acontecimento, Robert H. Stein se irritou. Leu duas vezes aquelas palavras que, para ele, tinham a feição de uma afronta.

Ilmo. sr. Robert H. Stein

A comissão nomeada pelo governo imperial para levar a efeito nesta Corte, no dia 2 de dezembro do corrente ano, uma exposição de produtos agrícolas, industriais e artísticos vem rogar a V. S. que se digne concorrer para o bom êxito desta utilíssima empresa, expondo à apreciação pública os melhores produtos de sua indústria.

A única condição para a admissão dos objetos é que tenham sido feitos no país, quer seus autores sejam nacionais, quer sejam estrangeiros.

Os objetos destinados à exposição deverão ser entregues no edifício da Escola Central, situada no largo de São Francisco de Paula, desde o dia 1º até 25 de novembro do corrente ano.

Se V. S. anuir a este convite, terá a bondade de assim o comunicar à comissão com a precisa antecedência, declarando a quantidade e a qualidade dos objetos que pretende expor, a fim de poder-se calcular previamente o espaço necessário para a conveniente acomodação e classificação. As referidas comunicações devem ser dirigidas ao correio geral, livres de porte, com endereço: à COMISSÃO DA EXPOSIÇÃO NACIONAL.

Rio de Janeiro, 7 de setembro de 1861.

Mister Stein era um importador de produtos principalmente ingleses, e vinha enriquecendo com o comércio no país. Sua casa, Stein & Stein, ganhara fama por fornecer os mais avançados equipamentos e novidades em geral a fazendeiros enriquecidos. Ele se considerava por isso a própria civilização. Assim, tomou a carta como uma recusa de seu esforço, como se a importação não tivesse contribuído para o nível de vida mais sofisticado que a Corte acabara conquistando. Se dependesse do que se produzia aqui, o país ficaria reduzido a hábitos praticamente selvagens. Não se inventa uma revolução industrial da noite para o dia. E o Brasil ainda vivia na mais escura das noites, e muito tempo seria necessário para que se fizesse dia nesses malditos trópicos. Falava-se tanto da luz, do sol, mas ele — que vivia enfurnado em sua loja e em sua casa, ele que conhecia o poder do mofo das residências da Corte — sabia que lá fora, fosse a hora que fosse, existia apenas a noite, uma longa noite, muitas vezes inadequadamente ensolarada.

O fato de a carta ter sido dirigida a ele ou era um equívoco ou escárnio. Ele não tinha indústria nenhuma; ao contrário, concorria (ganhando sempre) com os pobres produtos locais. Se provocação, merecia resposta à altura; se equívoco, constrangimento corretivo.

Muitas vezes pensara se não estava na hora de deixar esse pântano onde chafurdava havia mais de duas décadas. Não conseguia sair nas ruas fétidas da Corte, não suportava, à noite, depois das vinte horas, os escravos com os tigres sobre a cabeça, transportando os dejetos das casas, todos a caminho do mar, tomando conta da rua do Ouvidor. Era isso o Brasil, um imenso barril de merda, transbordando e sujando quem os carregava e também as ruas. Andar pela cidade, a qualquer hora, era pisar nas fezes vivas. Por isso, saía o mínimo possível, e tentava reproduzir em sua casa o conforto e o asseio ingleses.

Pensou então, galhofeiramente, em uma lista de produtos nacionais que poderiam representar o país. Um era sem dúvida o sistema de tigres. Os homens-merda. O chapéu de dejetos. Os condutores de cocô. Os escravos-esgoto. Pensou em mandar para a exposição um negro com um tigre bem fermentado à cabeça. Desfilaria diante do imperador, das senhorinhas de espartilho, vestidas pela última moda de Paris.

Quando aportou ali, querendo aproveitar um pouco as propagadas qualidades das praias, pensou em alugar uma casa para banhos de mar. Chegou a se informar sobre os melhores pontos para banho. Mas, ao testemunhar com a visão e com o olfato o desfile dos barris de fezes rumo ao mar, entendendo que o cheiro terrível que vinha do cais não era exatamente das espécies nacionais de peixe, rapidamente putrescíveis, desistiu dos banhos. Logo, foi desistindo de outras coisas, até que agora não lhe restava mais nada que o prendesse ao país. Não queria presenciar este ataque epilético de nacionalismo, pois era exatamente isso a exposição. Riu de sua ideia. A merda representava o país por ser um produto da indústria animal: os homens comiam os frutos da terra e bebiam os líquidos daqui, que, transformados, resultavam nesse poderoso perfume. O barril, fabricado em oficinas espalhadas pela cidade, era de madeira brasileira. Os tigres atendiam plenamente ao edital. Imaginava, rindo da diatribe, o sucesso que isso faria em Londres. Sistema de esgoto móvel praticado no Brasil.

A outra ciência selvagem que ele poderia remeter à exposição era certo tratamento para a inflamação. Fora um de seus caixeiros, vindo de Manaus, que lhe relatara esse método. No meio da selva, sem contar com nenhuma assistência, os indígenas e os sertanejos usavam as fezes de jacaré como remédio. Deixam os dejetos secando ao sol, até atingirem a cor branca e a consistência de uma bolacha esfarelenta, e polvilham o excremento em um emplastro com leite, aplicando-o na região dolorida. Também usam o chá desse almíscar para curar infecções no peito. Eis a indústria que deveria ganhar o mundo. Não era produto de cientistas, mas de pajés, com suas crendices.

Robert já perdera toda a irritação e agora se divertia com a lista que ia compondo das grandezas do Brasil. Lembrou-se de um tratamento para a dor que os índios usam no Amazonas, relatado pelo mesmo funcionário. Quando um índio é picado por alguma aranha, das muitas que infestam aquelas florestas, sabendo que doerá demais, um amigo enfia um canudo no rabo da vítima e assopra com muita força. Isso alivia o sofrimento. Robert poderia mandar fazer uma gravura de um índio assoprando por um bambu no traseiro do outro, mostrando a cara de prazer devasso da vítima e explicando o método inovador, que deveria ser implantado em todos os hospitais; com certeza, seria muito útil nas guerras, com os soldados feridos e afastados do convívio com o outro sexo; eles assim teriam algum prazer e um pouco de alívio. Junto com a gravura, enviaria um impresso com as explicações dos efeitos benéficos desta técnica.

Havia também um processo para melhorar a concepção entre os machos tribais. Como em regiões frias, aqui também há homens que não são férteis, o que causa dissabores conjugais. Mas estas dificuldades acabariam se se adotasse a tradição dos índios do rio Quatrimanhi, afluente do rio Negro. Lá, uma tribo, querendo aumentar o número de habitantes, tem por hábito partir o pênis dos jovens até a metade da altura, o que desencadeia efeitos imediatos na reprodução. As mulheres passaram a ficar grávidas com maior frequência. Além do prazer adicional que devem sentir ao perceber que não é apenas um pênis que as penetra, mas um pequeno monstro de duas cabeças. Na exposição, Robert poderia fazer uma réplica de madeira desse pênis bifronte, da boa madeira do Brasil.

Ele gastou assim as horas vespertinas em seu sobrado na rua dos Pescadores, sempre com portas e janelas fechadas, enquanto ouvia ao longe o burburinho externo, o insuportável repicar dos sinos das tantas igrejas, das pequenas às grandes, os mexericos sem fim das boticas, a gritaria selvagem dos condutores de veículos, mais o ranger das rodas que raspavam o pedregulho áspero da rua, o latir desavergonhado dos cães soltos em suas tarefas libidinosas, o mover indecente das vacas leiteiras e seus bezerros criados em quintais vizinhos, a voz chorosa dos mendigos e dos negros bêbados, e mais os malditos pregões que ofereciam água, carvão, galinhas, hortaliças, caldo de cana, balas, doces, bonecas e até porcos, porcos vivos, que seriam sangrados no fundo dos quintais, aumentando os ruídos da cidade insuportável. Essa música horrível fazia com que o catálogo de aberrações nacionais crescesse, e ele imaginava os efeitos que causaria na população que agora sonhava com uma indústria nacional. Não há indústria sem um sistema, e sistemas só prosperam onde prevalece a razão. E aquele era um mundo confuso.

Por fim, veio-lhe à lembrança o caso da manteiga de tartaruga, vendida em algumas barracas no Passo de Ver-o-Peso, e cuja origem Robert, no início de sua vida aqui, buscara conhecer. Era mais um exemplo da indústria local. Cavam-se as praias dos rios amazônicos em busca dos ovos de tartaruga depositados nas vazantes. Enche-se com eles uma canoa pequena, e depois os homens os esmagam com os pés, como se estivessem amassando barro ou vinho. Fazem isso deitando um tanto de água do próprio rio. Deixam à natureza o trabalho de separar as matérias próprias do ovo, a parte gordurosa logo sobe à superfície. Esta gordura ainda impura é levada ao fogo em tachos, onde é enfim apurada. Colocada em potes, é vendida para vários fins. A manteiga serve para iluminação, mas também como condimento e para conservar alimentos. É uma indústria em que o homem tem pouco ou nenhum trabalho.

Ele ainda poderia encaminhar algumas gravuras com as cenas de canibalismo nas selvas brasileiras, com um elogio das qualidades e do aroma da carne humana. Mandaria uma manta de carne de macaco, salgada, e convidaria a população a tirar lascas do pernil daquele jovem guerreiro da tribo dos timbiras. Não se orgulha este país dos bois abatidos para o consumo da população? No *Diário do Rio de Janeiro,* quase todos os dias vinham as notícias do abatedouro: "Matou-se ontem, para o consumo da cidade, 176 reses, inclusive 4 vitelas, que foram vendidas de 160 a 200 réis a libra". Retomar o velho paladar para a carne humana seria mostrar quem nós somos.

Foi pensando nestas e em outras vinganças que mister Robert tomou o seu jantar, depois fumou um charuto de Havana e fez a contabilidade dos negócios. Quando a negra que andava pela casa com ares de proprietária o procurou no escritório, encontrou-o alegre, sorrindo para o seu caderno de entradas e saídas. Não tinha sido nem melhor nem pior o seu dia comercial, mas ele não escondia o contentamento.

Ana se aproximou da cadeira do patrão e colocou o pé sobre a sua perna. Ele ergueu a sua saia e segurou as pernas firmes. Tirou a sua botina, pois ela se vestia segundo a moda europeia. Foi subindo a mão rumo à coxa, encontrando a mesma consistência pétrea. Ele então se ajoelhou e ela cobriu, com o rodado da saia, a cabeça e quase todo o seu corpo, sentindo o focinhar do animal que bebia em seu cocho.

Era conhecida na casa, e mesmo na loja, como a senhora do senhor. Rendendo-se aos seus encantos, ele sempre a maltratava com palavras, enquanto ela o dominava, mas hoje era um menino sedento que sugava seus líquidos.

Quando se deitaram na cama com mosquiteiro, depois de se virarem no tapete do escritório, ele disse:

— Vamos fazer um brasileirinho?

Ana sorriu concordando, mas tinha as suas maneiras para evitar um filho que poderia ser depois vendido com ela no mercado de escravos como mais um item da lista de bens de cor. O leiloeiro ainda acrescentaria, no catálogo do leilão, as informações sobre uma escrava de maneiras refinadas, adequada para amamentar os filhos de seus futuros senhores: uma rapariga com bom leite e com cria. Mister Robert seria um representante da indústria nacional, fazendo mais uma criança para a glória do Brasil.

Deixou para enviar, na última hora, a sua contribuição, ignorando o pedido de que a comissão fosse informada do produto e de suas dimensões. Os funcionários da Stein & Stein entregaram, no dia 2, pouco antes da abertura da exposição, um imenso caixão recebido por deferência a quem o enviava. Os inspetores orientaram o carregamento, e ele foi encaminhado a uma sala dos fundos da escola, onde se acumulavam os mais diversos produtos remetidos fora do prazo. Mas não cabia lá. Por isso, e por se tratar da remessa de um comerciante inglês, os funcionários resolveram abrir a caixa imediatamente, ainda no pátio, onde havia muita gente, para ver se era possível acomodar em alguma das salas já prontas. Padre Azevedo estava lá, percorrendo os cômodos para conhecer os demais produtos. Não prestou atenção ao movimento dos funcionários antes do tumulto que se criaria.

Com as ferramentas, dois escravos soltaram cuidadosamente os pregos. Poderia ser algum objeto delicado. Assim que a tampa principal foi retirada, os escravos não contiveram as gargalhadas. O inspetor que acompanhava o serviço de longe se aproximou e ficou enfurecido.

— Que má-criação.

Saiu em busca de alguém da comissão para relatar o caso e ver o que deveria ser feito. Os funcionários são sempre assim, estão querendo saber o que fazer quando acontece algo minimamente comprometedor. Por isso havia tantos chefes nas repartições, para as decisões desta natureza. Orientados pelos movimentos bruscos do inspetor e pelas gargalhadas dos escravos, expositores e funcionários se aproximaram.

— O velho Robert está mesmo louco — comentou alguém.
— Pelo menos tem humor.
— E nenhum juízo.
— Mas é uma grande verdade.
— Não acredito que seja nossa invenção.
— Eu daria medalha de ouro para ele se fosse do júri.
— O que está acontecendo aqui?
— Nossa!

E as vozes perderam-se no murmurinho que se formou. Todos falavam ao mesmo tempo, sem que se pudesse localizar de onde vinham as frases e sem compreendê-las integralmente.

— ... típica de um estrangeiro que...
— ... pense no que isso significa...
— ... talvez tenha razão...
— ... insolentes assim...
— ... será que na terra dele não existe...

Foi preciso que o guarda dispersasse os curiosos e abrisse caminho para que o diretor da comissão, dr. José Agostinho Moreira Guimarães, olhasse o objeto. Mas ele nem chegou a ver direito. Voltou-se para as pessoas e disse que havia ocorrido um equívoco.

— Este material — ele escolheu a palavra com muito cuidado — estava sendo encaminhado a uma casa de leilão e, como mister Robert havia prometido enviar algo à exposição, e não estando os seus funcionários bem inteirados de seu desejo, confundiram a entrega.

Ninguém acreditou na história, nem era para que se acreditasse, e sim para dar uma explicação qualquer.

— Agora, aconselho que todos retomem seus afazeres. Em breve teremos a chegada do imperador.

As pessoas se afastaram, mas não muito, e ficaram no pátio esperando as providências, que demorariam. Colocaram a tampa no caixão, mas não a fixaram. De tempos em tempos, aparecia alguém da comissão e, com cara de luto, espiava o conteúdo, que nem precisara ser exposto para despertar interesse.

— Para onde podemos enviar isso? — perguntou o dr. José Agostinho.

— Ao paço — respondeu um dos inspetores.

— Que ideia! Não podemos comprometer a família imperial.

— Talvez para o Arsenal da Marinha.

— Lá também não. Vamos devolver ao dono.

Quando a tampa foi pregada e o caixão começou a ser removido, tendo que cruzar todo o pátio e sair pela porta principal, alguém de uma das salas gritou que o Império dependia desta grande invenção.

E todos riram, mesmo os que achavam uma desfaçatez mister Robert ter enviado um tronco para a Exposição Nacional. Dava para prender nele, tanto pelos pés e braços quanto pelo pescoço, cinco escravos. Quando comprou o sobrado onde morava, herdara essa peça da inteligência brasileira. Não a usara, e várias vezes pensara em vendê-la a algum leiloeiro ou a algum de seus clientes, para quem ela ainda fosse útil, mas ela restara esquecida em sua propriedade. Estava velha, tinha manchas, talvez de sangue ou de vômito, mas a madeira era de lei. E poderia resistir mais uns cinquenta anos. Em Londres, faria grande sucesso.

Não houve registro do episódio do tronco no livro de ocorrências. Um dos inspetores, João Rodrigues, anotaria, no final do dia, e depois de todos os discursos febris dos homens grados do Império, o número de visitantes, o sucesso da abertura e pequenos incidentes, como o de um expositor que insistia em expor uma espécie rara de tatu, oriundo da região da Estrela. O regulamento da exposição, em seu artigo 3, que trata da admissão e classificação dos produtos, informa que não serão aceitos animais vivos. O tatu, animal próprio de nossa fauna, se viesse empalhado, poderia figurar na exposição, escreveu o inspetor João Rodrigues, mas por estar vivo, mesmo sabendo do seu valor para os estudos, por sua raridade, não nos foi possível acolhê-lo, embora fique aqui a menção a ele para que conste entre nossas riquezas. Ele, no entanto, não narra a discussão acalorada que teve com o expositor preterido.

O dono do tatu, Joaquim Barbosa, não aceitou a recusa. Ele trazia o animal em uma gaiola, parecida com as de passarinho, mas mais ampla, e pediu para conversar com alguém da comissão. Rodrigues se opôs, relendo o artigo.

— Então se eu matasse o tatu, ele seria admitido? — revidou Barbosa.

O inspetor, temendo que isso acontecesse, e bem no dia da abertura, assustou-se. O regulamento previa que animais mortos deviam vir em vasos com espírito de vinho. Foi o que ele respondeu.

— Vocês fazem de tudo para atrapalhar. Por que o meu tatu não pode ser exposto? Eu trarei comida e cuidarei dele. Deve cheirar melhor do que muitos dos que vão visitar a exposição.

— O senhor imagine se alguém resolve trazer um jacaré.

— Mas o que eu apresento é um inofensivo tatu.

— As regras têm que ser gerais.

Babosa pegou a gaiola, fez que ia sair da sala onde estava sendo recebido, mas se voltou para o funcionário.

— A ciência não pode ficar subordinada a regulamentos — ele disse, num tom de superioridade.

— Mas os tatus sim — respondeu Rodrigues, insinuando que Barbosa era também um animal que gostava de viver nas tocas.

Os dois homens se olharam com ódio. O bicho, assustado com o movimento, não entendia toda aquela conversação cheia de tons agudos. Queria voltar para o chão, cavoucar a terra e se proteger contra os inimigos. Os olhos dos tatus são de tímido. Não se sentiria bem naquele prédio que em poucas horas estaria tomado pelas autoridades.

Para a sorte dele, o seu dono foi embora, resmungando contra os gastos da exposição, ali só os protegidos da casa imperial tinham espaço. Era assim o Brasil, um clube fechado.

No caderno de ocorrências, João Rodrigues registrou que o tatu era muito bonito e despertaria a admiração dos leigos e o interesse dos especialistas, em mais uma prova da exuberância da fauna nacional, ainda desconhecida para a maioria das pessoas. Anotou também o número de visitantes. O teor geral da fala do trono. E o fato de que continuavam chegando produtos, o que mostrava a pujança do país.

Se o caderno não registrava a contribuição de mister Robert, não se discutiu outra coisa naquele dia. Um expositor comentava com outro, que narrava o fato para um visitante ou para um conhecido. À noite, mister Robert já era responsável por ter mandado para a exposição um tronco com escravos presos, entre eles a sua deslumbrante amante, de nome Ana, que apareceu apenas de tanga, revelando nádegas e seios. Alguns criticavam a devassidão do comerciante. Esses ingleses desdenham a escravidão apenas quando os beneficiados são os nacionais, mas, quando eles tiram proveito aí aprovam, disse um fabricante de velas. O seu vizinho, que produzia óleo, lembrou que mister Robert mimava os escravos. Eu mesmo já vi, na rua dos Pescadores, a sua amásia.

Mas ela não estava de tanga, e sim com roupas das francesas da rua do Ouvidor, um outro expositor completou. Dizem que ele aluga a escrava para os políticos. Por isso ela se veste tão bem. Não é de duvidar, concluiu o produtor de vela.

Nesta ampliação, mister Robert ganhava a estatura de herói. Ele tinha desacatado o imperador, pois a grande festa da indústria e da agricultura estava representada na figura de dom Pedro II. Tudo que fosse contra a exposição era diretamente contra ele.

Mascando a sua raiva, Joaquim Barbosa voltou para casa com o tatu. Não desistiria de apresentá-lo ao público. E resolveu concorrer com a exposição. Muita gente, de vários lugares, havia afluído para a Corte, que pela primeira vez se fizera de fato o centro do país. Os hotéis estavam cheios, como se eles fossem extensões da exposição, que acontecia em todos os lugares e não só na escola. Nisso pensava o frustrado expositor ao procurar a redação do *Diário do Rio de Janeiro*, na rua do Rosário, e pedir a publicação de um anúncio, que seria uma verdadeira afronta aos organizadores da festa:

> Vende-se um tatu de concha e papo vindo da Estrela. Chama-se a atenção de todos os senhores naturalistas ou qualquer amante de raridades pela singularidade do bicho. Também se mostra mediante a quantia de 320 réis por pessoa, na rua do Ouvidor, nº 12, sobrado.

A venda do animal se deu nos primeiros dias, mas ele só foi entregue ao fim da festa. Neste tempo, o endereço acabou muito frequentado. Esta e outras rendas de visitação não aparecem nos documentos da exposição.

As botinas apertavam os dedos, embora elas já não fossem novas e conhecessem cada uma das calosidades de seus pés. Havia andado muito nesta viagem. As pessoas silenciosas têm este gosto por andar. Mesmo agora, quando está sempre na companhia solicitante de anfitriões, ele ainda se mantém em silêncio. Desce de coches ou de navios e vai de um endereço a outro. Nas chácaras onde se encontra hoje, não muito distantes da cidade, busca conhecer o desenvolvimento da agricultura. Como as botinas estão indóceis, ele pisa meio de lado, vergando um pouco as pernas finas das quais sempre teve vergonha. Sente calor, mas deve manter-se com o paletó escuro, o colete, a gravata, e de toda essa indumentária a única peça essencial é o chapéu, que o protege do sol.

Você se acostuma a ver repetido no outro quem você é. Isso se chama civilização. As mesmas roupas, os mesmo gestos, o gosto idêntico por certos pratos, tudo fazendo com que o movimento de um canto para o outro não guarde maiores surpresas. Nesta viagem à Bahia, mesmo nas menores vilas encontrava mulheres com os chapéus da rua do Ouvidor. As modistas tentam tornar todos *parecidos, como se os ricos se movessem numa paisagem de espelhos. Pequena e apertada a rua do Ouvidor e no entanto tão extensa. Mas seus pés doíam sem saber o que estava na moda, se botinas de bico fino ou bico largo. Eles reclamavam. E isso o tornava mais silencioso, enquanto via os campos, ouvia as explicações sobre o cultivo da cana, do algodão, o nome de uma ave local. O que mais lhe interessava nessas visitas era a possibilidade de sair de seu meio e encontrar-se com o diferente. Na Corte, seus movimentos eram muito restritos, não lhe permitiam nenhum tipo de afastamento.*

Descobrira na Bahia um mulherio imenso e com traços mulatos. Eram fartas de carnes traseiras e dianteiras, o que lhe causava asco e desejo. A sua timidez estampada no corpo endurecido e nas poucas palavras se desfazia nos olhos, atentos a toda parte do corpo feminino que se revelasse. Ele divisava as cinturas, finas mesmo nas fêmeas mais corpulentas. Algumas andam sem corpinho de vestido, amarrando-o em volta da cintura, o que faz com que as mangas fiquem pendentes, anunciando volumes. Não veria mulheres assim na Corte, não porque elas não existam lá, mas porque ele não poderia vagar pelos lugares onde elas se encontram.

Aqui, olhava tudo. Os tímidos sempre olham tudo. E também prestava atenção em cada relato. Um de seus acompanhantes, Manuel José Gomes Calaça, grande conhecedor do sertão, lhe contara que lá as mulheres emprenham mais na estação do pequi, essa frutinha selvagem. Ele quis saber por qual razão isso acontecia, para ver se era apenas crendice ou se tinha algum fundamento científico. Calaça riu, a causa era o aroma, o perfume da fruta. Na época do pequi, os pais prendem as filhas em casa e os maridos cuidam muito mais das esposas, o ar ganha um cheiro tão enjoativo que as fêmeas ficam sujeitas a tudo, olhando o horizonte. É uma estação perigosa. Dizem que a cabeleira delas produz um perfume novo, mesmo quando são velhas, com filhos criados. E começam a farejar a todo momento os próprios cabelos. Abrem as janelas das casas.

Passam mais tempo na rede da varanda. Tudo porque os pequizeiros estão cheios de frutas, e as frutas soltam seus aromas. As pessoas chupam o caroço perigoso, com cuidado para não encher a língua de pequenos espinhos, ou colocam-no na comida, e as cozinhas das casas multiplicam a nuvem lasciva. É um cheiro de azeite, de resina, de raiz, e em tudo, nas paredes, nas roupas, nos dedos dos homens, nos cabelos das mulheres, mesmo das que não cozinham. E as pessoas se amam mais por causa disso. Aumenta a fome, o senhor entende? E o outro ficava em silêncio. Gostaria de perguntar se já estavam na época dos pequis, mas a conversa mudou de rumo. Ele voltou a sentir a botina apertando os dedos.

Subiram no coche e desceram algumas vezes, conversaram sobre lavouras, técnicas de plantio, e ele forçando as narinas para identificar alguma fragrância exótica. Chegaram então a uma propriedade em que havia uma fábrica de doces, com uma cozinha sem paredes, um imenso avarandado em que trabalhavam as escravas. O seu coração acelerou, pois pressentiu que tinha saído totalmente do seu mundo. O dono explicava o processo de fabricação, a extensão dos pomares, o açúcar de qualidade que ele mesmo produzia, as dificuldades de comprar tachos resistentes, os feitos no país não duram nada, o material é fraco, e ele pensava, sim, o material é fraco. Por isso tinham que comprar tachos importados, que são mais caros, muito mais caros. E eles se aproximaram da varanda, os fogões estavam acesos, os tachos soltavam fumaça, mulheres mexiam os doces com colheres de pau que pareciam remos de barco, e elas remavam sem sair do lugar. Não conseguia deixar de olhar furtivamente paras esses corpos sem outra roupa além da tanga. Ele via os seios fartos, as pernas grossas e reluzentes, a barriga à mostra. Demorou-se nesta indústria, estudando cada tacho, o país precisava de fundições melhores, e ele olhava os peitos de hotentotes de uma jovem e robusta escrava, e quando lhe perguntaram se estava com sede, ele disse sim e recebeu uma caneca com água da mina. Água de péssimo sabor, mas ele bebeu tudo, ficando com os lábios úmidos. E perguntou se faziam doce de pequi. Sim, quando é estação, o proprietário respondeu. E, embora a fumaça fosse forte e o calor intenso, ele continuou ali, no harém, acompanhando o balançar dos peitos das mulheres, que mexiam o doce com a colher de cabo longo e roliço, e as nádegas fartas em suas contrações musculares.

Só quando ele seguiu para o coche é que voltou a sentir as botinas apertadas. No interior do carro, ele as tirou e ficou massageando os pés brancos, de dedos finos e longos, obscenamente vermelhos.

Estatísticas da Corte

Prisões.

Pelo corpo policial da Corte foram efetuadas ontem as seguintes prisões:

Em diferentes ruas: um austríaco, Guilherme de Sousa Caldas, José Ferreira de Oliveira, Antônio Pina, Antônio Fernandes dos Santos, Marcelino José de Sousa, José Antônio Rodrigues, Marcelino José Teixeira e o português Domingos José Fernandes Portela por andarem vagando fora de hora.

Na rua da Alfândega, Custódio José da Costa por ser encontrado às duas horas da noite em trajes suspeitos.

Na rua dos Pescadores, Robert Stein, por comportamento desrespeitoso.

Julia, preta escrava, por proferir palavras obscenas.

Benedito, escravo encontrado sem bilhete de seu senhor.

Na Candelária, Miguel, por desobediência ao seu senhor.

Em São José, o escravo José, por ser encontrado com uma máscara de folha de flandres no rosto.

Na rua da Misericórdia, Sebastiana, por trajar publicamente apenas uma tanga.

Diário do Rio de Janeiro, 4 de dezembro de 1861.

A marcha

Na saída do palácio de São Cristóvão, já despertavam a curiosidade do povo os coches imperiais, escoltados pelos guardas, que iam tanto na frente quanto atrás e ao lado, em animais com os arreios oficiais do Império, os cavaleiros trajando roupas e armas de gala. Os vizinhos de dom Pedro II estavam acostumados ao seu movimento de deixar a Quinta da Boa Vista rumo ao paço, mas aquele dia era especial. Barba espessa, cabelos repartidos, levemente encaracolados nas pontas, o imperador completava seu aniversário e antecipava os festejos dos quarenta anos de Independência. Eram datas simbólicas, por isso aceitara que a festa de seu aniversário se confundisse com a abertura da primeira Exposição Nacional.

Por onde passava a carruagem naquela manhã ensolarada, havia pessoas saudando o imperador. Ele, no entanto, não olhava para as laterais. Mais do que um homem, ia ali uma estampa. Tudo acontecia para se fixar na lembrança do povo. Das janelas das casas, mulheres e crianças acompanhariam a comitiva imperial. Os melhores cavalos, escolhidos para que nada destoasse, marchavam cientes da importância do momento.

As estradas eram ruins, com poucas casas no trajeto, mas nas regiões de maior aglomeração humana haveria uma dupla de fuzileiros a postos. Em ocasiões como esta, as manifestações poderiam também assumir uma dimensão maior. Num andar mais rápido do que o normal, os coches saíram da Quinta da Boa Vista, levantando do chão uma nuvem fina de poeira que se colava no uniforme da guarda.

Transportava-se com toda a pompa o imperador, que, em sua recente viagem pelo Nordeste, havia andado em lombo de burro e dormido em lugares precários, entregue à sanha das pulgas. Mas o ordinário estava suspenso neste 2 de dezembro de 1861, quando tudo era para a posteridade. Um outro dirigente ia no coche, que seguiria pelas ruas num compasso lento o suficiente para ser visto, mas veloz o bastante para não ser abordado.

Logo no começo da marcha, um contratempo. Apesar da recomendação para desobstruir as vias de passagem, num trecho em que o caminho se estreitava, os cavalos tiveram que parar. Um carro de boi ia com suas rodas lerdas e cantantes. O homem que conduzia o veículo, chapéu de palha e roupas rústicas, de um branco encardido, açoitava a junta de bois para que andassem mais rápido, sem conseguir nada com isso. Um dos guardas se adiantou e deu ordem para que saísse do meio da estrada, e o carro foi lentamente para a direita, abrindo espaço para um veículo pequeno, insuficiente no entanto para os coches da casa imperial. Se um dos cocheiros tentasse fazer a manobra, poderia enroscar na roda do carro ou no barranco do outro lado. Para complicar, pressionado pelo movimento nervoso dos cavalos, os bois empacaram. A vara de madeira cantou no lombo deles, dois guardas apearam para puxar os bois pelo focinho, e eles então começaram a se mover.

Esquecendo-se um pouco da inauguração, dom Pedro abriu a porta e olhou para o outro veículo. Não era possível ser monarca nos trópicos, a toda hora ele se deparava com incidentes assim. Preferia outro papel, o de viajante adaptado à rusticidade do país, mas naquele instante isso era impossível. A consciência da importância histórica do que o aguardava não lhe permitia agir como um viajante comum. Fechou a porta e esperou. Identificou no silêncio da manhã, naquela região cheia de árvores, o canto das aves. O menino que ele foi sem ter sido surgiu de uma vez. Poderia sair da carruagem e correr os campos, subir em árvores e atirar pedras nos pássaros, mais para assustá-los, obrigando-os a voos festivos, do que para matá-los. Onde estava a infância a que não tivera direito? Fechou os olhos. Só em suas viagens podia realizar um pouco das aventuras infantis que não conheceu pela precocidade do cargo. E se saísse da carruagem para apedrejar as aves? O que pensariam dele sua esposa e suas filhas? Que teria enlouquecido? Não havia mais tempo de ser criança, devia continuar a marcha. Os reis já nascem velhos, ele pensou. Foram feitos para a velhice.

Neste momento, quando ouviu o canto de um sabiá e fechou placidamente os olhos, o coche voltou a andar. Com o fim do trecho de barrancos que ladeavam o caminho, eles passaram pelo carro. Um agricultor que seguia a pé tirou o chapéu e cumprimentou o imperador, mas ele nem percebeu. Olhava para a frente.

Quando chegaram à rua São Pedro, muita gente o esperava. O trânsito estava proibido nos locais por onde eles passariam. Não era permitido, naquele dia, o tráfego de seges, carros nem cavalos das nove horas da manhã até as quatro da tarde. Aquela parte da cidade restara exclusiva para a comitiva imperial. Nesse ponto, a marcha dos cavalos foi substituída pelo passo. Pessoas acenavam nas ruas e nas janelas das casas, e o sisudo monarca, já não mais o menino, ouvia gritos de alegria e até palmas. Os vendedores de comida estavam com seus tabuleiros na rua Direita.

Ali, os sobrados eram imponentes e muitas pessoas estavam nas sacadas. Quando a comitiva entrou na rua do Ouvidor, aproximava-se o final da primeira etapa das comemorações. No meio do trajeto, dom Pedro viu um menino de pés descalços, brincando com boizinhos de madeira. Não olhava para o desfile, não devia nem saber quem eram aquelas pessoas engalanadas, apenas lhe interessavam seus bichos. E uma nostalgia de algo que ele não teve tomou conta do imperador; seus olhos azuis ficaram mais brilhantes. Não, ele não sentia pertencer a este mundo.

Teria a confirmação disso alguns meses depois, ao visitar na Casa de Detenção a oficina do serralheiro francês Elliot, construtor de uma máquina a vapor, movida pela oscilação do cilindro. Ela era um dos inventos da exposição. Mas, quando ele for à oficina, no dia 23 de junho de 1862, encontrará um português, de nome Alcovia, que, para espanto de todos, se dirige ao imperador, dizendo, com uma reverência exagerada:

— Esperei muito este encontro, majestade.

Alcovia não falava com ninguém havia sete anos. Permanecia sempre mudo, fazendo seu trabalho de serralheiro, sem responder às perguntas, mas cumprindo as ordens e atendendo às solicitações. Deixara de falar logo depois de uma doença que o prostrara por semanas. Todos achavam que a febre o emudecera. E, como não sabia escrever, não podia se comunicar. Mas os seus olhos eram bondosos, não se manifestando neles nenhuma revolta, a menor raiva, e sim uma branda gratidão.

Foram sete anos de silêncio total até aquele encontro. Os funcionários da oficina estavam assustados. Um deles fez o sinal da cruz, exclamando tratar-se de um milagre. Sem enxergar mais ninguém, ele se dirigiu ao imperador.

— Não posso falar com pessoas.

— Parece-me que o senhor está agora falando.

— Não, não estou. Seria uma quebra de promessa.

— Que promessa?

— Estive quase morto, e pedi a são Rafael que me protegesse. Em troca da cura eu nunca mais falaria com pessoa humana. E fui atendido.

Os funcionários riram. Era esta a causa do silêncio jamais revelado. Alcovia recuperara a saúde física mas perdera a mental. Não fazia sentido uma promessa tão rigorosa. Um de seus amigos então perguntou:

— Você nunca mais ficou doente?

Alcovia nem olhou para ele, tão dominado pela figura de dom Pedro. O monarca aceitava o diálogo pelo qual o outro tanto esperara.

— Mas agora o senhor está conversando comigo e esta promessa acabou — disse dom Pedro.

— Não acabou. Nunca acabará.

— O senhor esqueça a promessa.

— Eu sabia que um dia teria a oportunidade de conversar com vossa majestade — ele não escutava o que o imperador dizia.

— Nunca recusei uma conversa, seja com quem for.

— Pensei várias vezes em um dia ir ao paço quando eu saísse da prisão. Não imaginava que vossa majestade viesse até mim.

E nesse momento ele segurou a mão direita de dom Pedro e a beijou. O imperador deixou a mão inerte, sentindo o beijo úmido daquela boca que guardara silêncio por sete anos bíblicos. As dele eram palavras molhadas, viscosas como aquele beijo.

— Alegro-me que eu tenha lhe devolvido a fala.

— Vossa majestade ma devolveu mas também irá tirá-la de mim.

A conversa entre eles estava ficando sem sentido. O imperador dava sinais de querer continuar a visita. Os funcionários acompanhavam tudo em silêncio. Era agora a vez de eles emudecerem para que Alcovia, o sem voz, pudesse enfim falar. A última frase, no entanto, anunciava um conflito.

— Vamos voltar ao trabalho — ordenou Elliot.

— Como assim? De que forma vou lhe tirar a voz? — continuou dom Pedro.

— É que só posso falar com divindades. Mas o senhor voltará para a sua vida e terei que ficar aqui preso por mais sete anos.

— Um rei não é um deus.

— Justamente, um rei é um deus. — Não se sabia se ele tinha ouvido mal ou se mudara propositalmente a frase.

Agora todos conversavam e Elliot exigiu que retomassem o serviço. Os homens foram se encaminhando para os seus lugares. Alcovia ainda olhava a divindade, mas logo dom Pedro fez uma mesura com a cabeça e começou a sair da oficina.

— Viva o imperador, com quem nunca mais hei de conversar.

E o próprio Alcovia gritou três vezes *viva!*

— Por que não hás de conversar mais comigo? Quando for libertado me procure, você sabe muito bem o caminho.

Este episódio futuro confirmaria o estranhamento que ele sentia agora. Os vivas e os olhares das pessoas lhe davam um valor de divindade. Ao encontrar Alcovia, meses depois, dom Pedro se lembraria desta sensação nascida a caminho da Escola Técnica, no dia de seu aniversário. Esta sensação aumentaria ainda mais lá dentro, diante de imagens suas até em algumas máquinas construídas para atividades laboriosas. Eram tantas efígies que ele começava a se ver como onipresente.

Ao chegar ao largo de São Francisco de Paula, encontrou uma pequena multidão. Os fuzileiros se alinharam em volta da escola, barrando as pessoas que queriam acompanhar tudo. Alguns soldados conduziam as carruagens dos convidados para a praça da Constituição, mais especificamente para a rua do

Sacramento, onde ficaram os ônibus, as gôndolas e outros veículos. A cidade toda se transportara para aquele local, os altos funcionários, os empresários e também o povo. Aquele era um dia em que as mais elevadas patentes prestariam homenagem ao imperador e à indústria nascente do país. O povo talvez apenas tivesse comparecido por amor aos festejos, não vendo muita diferença entre a comemoração da padroeira da cidade e aquela. Tudo oportunidade para se divertir.

Dom Pedro e sua família desceram da carruagem à porta principal do edifício, escoltados por um cordão compacto de soldados da guarda de honra. Era a primeira aparição pública das princesas dona Isabel e dona Leopoldina Teresa, que debutavam para a vida política, ainda tímidas diante de tantos olhares. E a presença delas deixou o povo mais agitado. Uma africana tentou se aproximar das altezas e foi contida pelos guardas. Gritou o nome do imperador, querendo pedir-lhe algo. Ele ainda não se habituara a essas cenas. Gostaria de atender a mulher para não vê-la se debatendo nas mãos dos soldados, mas aquela atitude era impossível ali; ele devia entrar logo no prédio e afastar-se dessas manifestações.

Assim que subiram as escadas, o marquês de Abrantes, na condição de presidente da comissão diretora, os recebeu com um cumprimento solene. E, juntos, num passo ligeiro, foram em direção à sala onde estava arrumado o trono. Aquele era o momento maior. O imperador, a imperatriz e suas duas filhas imediatamente ocuparam os seus assentos. Ali dentro encontravam-se apenas os convidados, pessoas importantes da vida pública da cidade, e os funcionários, que haviam chegado antes para preparar tudo.

Ladeando a família imperial, como havia sido definido, ficaram à direita os convidados do corpo diplomático e, à esquerda, as damas do palácio e os criados. Na linha de frente, no lado direito, postaram-se os ministros, os conselheiros de Estado e o bispo diocesano, dom Manoel do Monte Rodrigues de Araújo; e, no mesmo alinhamento, no lado esquerdo, a equipe da comissão diretora.

Como dentes de uma engrenagem cuidadosamente construída, as pessoas assumiram seus postos e começou a funcionar aquele maquinismo. O marquês de Abrantes, autorizado por dom Pedro II, proferiu uma saudação emocionada, ouvida em silêncio por todos que estavam na parte interna do prédio. Vindo do lado de fora, em um ou outro momento, chegava o respirar forçado da multidão, a aguardar a hora de as portas serem abertas, embora a maioria não viesse a entrar, seja pelo preço do ingresso, seja pelo limite de cada visitação.

— Senhor, a comissão que vossa majestade imperial houve por bem nomear...

E, com palavras protocolares, que mais servem para produzir o enfado, principiou o marquês. O final do discurso, esperado por todos, veio em um tom de voz mais elevado para demonstrar emoção, tal como ocorre na oratória tropical:

— Senhor, o dia de hoje, aniversário natalício de vossa majestade imperial, tem de acrescentar aos seus fastos gloriosos o da abertura da primeira exposição. Aos títulos de vossa gratidão ao excelso príncipe, que desde o berço tem mantido a integridade, e às instituições políticas do Brasil, juntar-se-á de ora em diante o do nosso profundo reconhecimento ao ilustrado monarca, que tão desveladamente promove o melhoramento material e moral do seu vasto império.

Todos aplaudiram com o mesmo entusiasmo, mais pelo fim da falação do que pelo que ela significava, e o imperador, antes de cessarem os aplausos, em seu estilo sem efusões, agradeceu, com poucas palavras:

— As festas da inteligência e do trabalho são sempre motivo do mais fundado regozijo...

Padre Azevedo, que assistia a tudo por convite do bispo, aprovou com um sorriso interior a firmeza de dom Pedro II, que destoava dos sentimentos cívicos descontrolados de todos naquela manhã.

E então se ouviu uma salva da artilharia, disparada no Paço Imperial. E todos os presentes, com exceção dos mais próximos do imperador, gritaram vivas à nação, às altezas, e à indústria nacional. Ouviu-se, tanto do lado de fora, nos coretos, quanto do lado de dentro, o hino encomendado ao maestro Carlos Gomes, a "Marcha da indústria", executado pelas bandas militares. E a música apoteótica fez com que todos, até padre Azevedo, acreditassem no futuro do país.

Havia algum tumulto nesta primeira visitação aos objetos expostos, pois um grupo imenso seguia dom Pedro, chamando sua atenção para algumas peças. Na sala dos inventos, ele avaliou tudo com um olhar breve, pensando que o futuro para o país estava na ciência, única forma de diminuir um pouco a lascívia tropical.

As máquinas para uso prático feitas no estabelecimento de Ponta da Areia vinham com o aval do barão de Mauá, um dos membros da comissão diretora, e que seguia meio ao lado do imperador. O empresário brasileiro dominava vários empreendimentos, e tinha interesses pessoais na exposição. Acreditava num país industrializado, palavra que era quase uma ofensa aos fazendeiros e velhos investidores. Dom Pedro, no entanto, não se deteve junto às máquinas da casa de Mauá, mas teve que demorar um pouco diante do engenho a vapor para moer cana, construído por José Maria da Conceição Júnior. Com um acabamento elegante, o engenho destoava das demais máquinas úteis, manifestando-se nele um desejo estético. Mas não foi isso que destacou o marquês de Abrantes ao chegar a este ponto da exposição. E sim a medalha que dominava a sua torre, representando o imperador. O marquês então retomou seu discurso, que todos julgavam concluído.

— Augusto senhor, este engenho de moer cana é a representação material da feliz união entre a indústria e vossa majestade. Ele traz vossa face, simbolizando o avanço do labor e da invenção na figura daquele que mais fez para que se chegasse a este momento de devoção cívica ao progresso. Mais do que um engenho, temos aqui um monumento ao incentivador da nossa indústria.

E palmas soaram. O imperador cumprimentou José Maria da Conceição e continuou a caminhada. Havia enfado em seu rosto ao executar esta tarefa, mais uma das obrigações sociais que ele cumpria. Aprendera a olhar tudo de longe, não revelando emoções, e mesmo se gostasse de algo ele preferia não confessar isso. Ninguém soube se ele aprovou encontrar-se estampado em um engenho de moer cana, pois não disse nada ao inventor. Suas filhas ainda se aproximaram mais do engenho, observando não apenas seu maquinário mas também a perfeição da imagem paterna na medalha. Melhor assim, elas faziam as gentilezas de que ele era incapaz. O imperador ouviu cada explicação que lhe foi dada, cumprimentou os expositores presentes e seguiu inflexível.

De costas para a pequena multidão que se aproximara, pois estava sentado diante da máquina, padre Azevedo torceu o corpo para receber as saudações. Conhecera o imperador no Recife, quando ele fizera sua viagem pelo Nordeste. Em sua visita ao Arsenal de Guerra destinara recursos para muitas atividades. Mas o padre não tivera coragem de se apresentar e pedir algo para sua máquina. Agora, também fugia dos olhares, preparando-se para uma demonstração de seu invento. Os olhos de todos não recairiam sobre ele, mas sobre suas mãos nas teclas da máquina e depois sobre as letras impressas.

Foi o bispo quem o apresentou, enquanto o padre fazia a sua máquina trabalhar.

— Vossa majestade tem aqui a invenção do padre Azevedo, uma máquina taquigráfica. Ela faz a escrita mecânica e será de muita serventia para recuperar os sermões em nossas igrejas. Foi toda concebida e produzida no Arsenal de Guerra do Recife.

— Lembro-me do arsenal — foi tudo que o imperador disse.

E logo o padre retirou a fita de papel da máquina e a entregou ao bispo. Ele a mostrou a todos. Estavam ali as palavras ditas naquela ocasião, embora ninguém as entendesse. Podiam ver letras e mais letras dispostas em várias posições. Mas, como na taquigrafia, era preciso um perito para decodificá-las. Padre Azevedo explicou o que simbolizava cada encontro de letras, mostrando que elas compunham exatamente o que o bispo dissera. Muitos se admiraram com aquele feito. O padre permanecia de lado para que as pessoas observassem a máquina, e a fita de papel correu por várias mãos. O imperador seguiu adiante.

Era aquele o momento de glória tão longamente aguardado? Anos de trabalho para uns minutos de reconhecimento frio? Imaginava que o imperador, cultuado por sua curiosidade, fosse querer sentar-se à máquina e escrever alguma coisa. Não era autor de sonetos? Poderia tentar compor um deles com o auxílio do inventor. Vendo o grupo se mover, em conversas sobre vários assuntos, que nada tinham a ver com os inventos, o padre sentiu uma vergonha muito grande. Vergonha de ter imaginado que sua máquina produziria admiração e que todos gostariam de falar com ele, para conhecer como chegara àquela ideia e os melhoramentos que pretendia fazer para tornar a escrita mais veloz. E o tempo dedicado a ele foram uns minutos. Enquanto abaixava a tampa que servia para cobrir as teclas, alguém tocou em seu ombro e lhe entregou o papel com o discurso improvisado pelo bispo e transcrito segundo os códigos taquigráficos. Aquelas palavras pertenciam unicamente ao inventor. Tudo que fazia retornava a ele. A isso se chama solidão. Mas uma solidão maior do que a da ausência de pessoas, ele simplesmente não conseguia ir até elas. Algo barrava os contatos. Ele guardou o papel no bolso de seu casaco, concluindo que havia escrito aquilo para si mesmo.

Acomodado à sua cadeira, ele reviu na memória o que ia exposto em outras salas. Na galeria de modas e pinturas, as princesas encontrariam algum deleite com as roupas produzidas por nacionais ou com as paisagens pintadas para enaltecer a pátria. Haveria comentários sobre essas obras, um burburinho correria entre as pessoas, os homens teriam palavras espirituosas sobre as roupas expostas, comparando-as com as que trajavam as mulheres, não, minha pequena, vosso vestido é muito mais formoso do que este que se expõe, e tem ainda o acréscimo de vossa beleza. Nas pinturas, veriam as matas, as construções que melhoravam a vida do país, era preciso mostrar quem somos, as nossas fazendas, se possível que se ocultassem as senzalas, embora talvez fosse difícil apagar da vida social o elemento africano, então o melhor era retratá-lo a serviço de seus patrões, com fisionomias dóceis, mas o que faria sucesso mesmo seriam as pinturas de nossas plantas, com a carnaúba, que dava produtos tão bem-aceitos, de velas a chapéus, cestos, bolsas, todos oriundos da província de Ceará, e as pessoas presentes veriam estes produtos com reserva, eram rústicos demais para entrar em suas casas, sonhavam com as melhores mercadorias europeias, não obstante reconhecessem nesses exemplares de vária origem a face do Brasil, e seria também enaltecido, com palavras de patriotismo, o retrato do vaqueiro sulino, a percorrer os pampas do Rio Grande do Sul, não era de lá que tinha vindo essa figura empreendedora, o barão de Mauá? Então não se podia ignorar o homem do campo. Mais simbólico ainda eram nossos indígenas, as nossas mulheres índias, como deusas gregas, vivendo na mata, protegida pelos guerreiros, aquele era o Brasil que precisava ser conhecido. A Corte, europeia nos hábitos e na descendência, tinha um fascínio por esse outro país, do qual estava perto e ao mesmo tempo longe. E depois havia nossos produtos naturais, as muitas madeiras, fartas em nossas matas, que vinham sendo derrubadas para a extração da riqueza cobiçada na Europa, e também os minérios, as frutas e outras plantas, uma lista infindável de bens, dos quais apareciam ali apenas algumas amostras. Havia por fim os pequenos modelos da indústria local, dominada pelo barão de Mauá, bondes, locomotivas, máquinas, postes de iluminação a gás, o pântano se civilizava pelo esforço de nossos empresários. Sem falar nos adornos, nas pequenas esculturas, nas imagens santas, de todas a melhor sem dúvida é uma santa Úrsula feita de conchas e vinda das praias de Santa Catarina. Mas, se tudo eram fragmentos do país, seria preciso tentar uma imagem mais ampla, e para isso serviam as fotografias expostas, como as vistas do Jardim Botânico, da baía do Rio de Janeiro, e da família imperial, que era, por si só, a pátria como um todo.

Estes pensamentos fizeram com que o padre Azevedo entrasse num pequeno transe. E se pôs a ler os nomes de nossas madeiras e suas utilidades no catálogo dos produtos que foi distribuído aos expositores e aos primeiros e ilustres visitantes. Abiurana, emprega-se na construção civil; abricó, construção civil e naval; acapu, idem; acapurana, emprega-se na marcenaria; acariquara, construção civil e tinturaria... E ele foi repassando uma por uma as madeiras com seus nomes indígenas, eram estas as palavras que mais fascinariam os europeus de lá e daqui. Elas traziam um sabor tropical, os nossos cheiros e as nossas cores. Muitas serviriam para a fabricação de móveis no resto do mundo, para construções sacras e profanas, para os meios de transporte. Tínhamos uma coleção infindável de madeiras, ele conhecia muitas delas de seu trabalho na oficina de marcenaria, e ao pronunciar cada nome passavam odores selvagens por sua lembrança e um desejo de isolamento na mata. Queria estar no meio das árvores ali nomeadas, num canto qualquer do país, longe da Corte. Aquelas palavras tinham seivas vivas, suas sílabas soavam estranhas, e era uma delícia e ao mesmo tempo uma provocação pronunciar cada uma delas naquele local que se queria como um templo da indústria. Nos dias seguintes, ele passaria pelas salas dos produtos naturais e identificaria cada madeira, ligando-as a estes nomes, não deixaria de conhecer nenhuma delas. Por enquanto, sentado na cadeira tomada de empréstimo da sala da direção, e fechando-se para o que acontecia nos demais cômodos, os expositores seguiram os visitantes, o padre ficou lendo o catálogo de nossas riquezas, chegou à letra j, onde encontrou o jacarandá-preto e acrescentou ao catálogo: emprega-se para construir a máquina taquigráfica do padre Azevedo. Talvez a sua máquina valesse alguma coisa não pelo que ela era, uma invenção que tentava dar velocidade à escrita, mas porque fora feita da madeira retirada de nossas matas.

Então ouviu o barulho das pessoas que entravam. A visita do imperador terminara, iniciando-se o ingresso de populares, que pagaram para ver o Brasil na exposição. O que levava um povo a este desejo de conhecer-se? O que eles encontrariam ali estava muito longe das experiências cotidianas de ser brasileiro, mas todos queriam se ver neste papel.

E logo o padre teve que colocar a máquina em funcionamento. Antes que terminasse uma demonstração, já haviam mudado as pessoas que o assistiam, pois elas tinham pressa, muita pressa.

Apesar de as lâmpadas já terem sido apagadas, ainda restavam muitas pessoas no largo, os ônibus esperavam os últimos clientes para os subúrbios, e um ou outro cavalo dava mostras de impaciência, batendo a ferradura no chão ou soltando relinchos. Era bom estar na rua novamente, deixando às suas costas a exposição, pois havia sido um dia longo, que ele ainda encompridara se isolando na sala das madeiras. Fechara a sua máquina antes do final da noite, e agora olhava a silhueta dos prédios e de algumas pessoas que provavelmente procuravam o caminho de casa. Ele não tinha residência ali, mas sabia como chegar ao seu quarto. O conde de Irajá acompanhara a comitiva imperial e fora embora cedo, levado por um coche. Ele se sentia completamente sozinho na Corte, abandonando a sua máquina como um viajante guarda a mala num estabelecimento, para pegar em outro dia. Via-se amputado de uma parte essencial. De todos os visitantes, o mais interessado fora um menino. Os pais ficaram ao lado, em silêncio, enquanto ele perguntava como se fazia para imprimir as letras. Azevedo explicara o movimento da haste, a letra de metal na ponta dela, o encaixe no espaço onde estava a tinta e por fim a impressão no papel. Falava movendo o teclado para que o menino compreendesse bem. E ele sempre dizia: entendi. A cada nova explicação, repetia a mesma palavra, sem tirar os olhos do mecanismo. Ele ditou o nome para que o padre o escrevesse, e depois repetiu os versos de *Os lusíadas* que aprendera na escola, alegrando-se ao receber a folha impressa.
   O padre mostrou como se devia ler e o jovem Antônimo Saldanha quis saber se podia guardar o papel. Sim, claro que podia. Queria ter um exemplar de seu folheto sobre a máquina para dar de presente, mas ainda não ficara pronto. Ele pegou a folha com os versos cifrados de Camões e com o nome estranho do jovem, fruto de algum erro na hora do registro, e assinou aquela tira de papel como se estivesse autografando um livro.

— Volte daqui a uns dias que terei prazer em dar o folheto.

O jovem não respondeu, mas olhou para os pais, pedindo com os olhos uma nova visita à exposição.

— Ele quer ser engenheiro — disse o pai.

Padre Azevedo também gostaria de ter estudado engenharia, e se sentiu incluído naquele destino. Ele gostara da máquina e planejava seguir uma carreira técnica. O padre, que ficara sentado o tempo todo, apenas virando-se para os visitantes, levantou-se e indicou o lugar para Antônimo.

— Experimente.

O jovem se alegrou e, sem a menor timidez, ocupou a cadeira e, com agilidade (devia tocar piano), mexeu nas teclas, pisando no pedal para mover o papel. Era para esta geração que o seu invento se destinava, pensou.

— É divertido — foi tudo que o menino disse, continuando a dedilhar rapidamente o teclado.

Quando preencheu a folha, Antônimo se levantou, apertou com força a mão do padre e foi embora com os pais, dizendo que voltaria para receber o folheto.

— Volte mesmo — disse o padre.

Que foi até a máquina e tirou o papel que o menino deixara lá. Não havia nada escrito, ele apenas apertara ao acaso as teclas, produzindo uma confusão de sílabas. Por isso fora tão veloz. Azevedo se divertiu com a atitude de Antônimo, sentindo-se pacificado nesta estreia de sua máquina.

Agora estava no largo, decidindo por qual rua voltaria ao palácio do Bispo. Pegou a rua da Lampadosa, e virou na rua da Conceição, que levava ao morro de mesmo nome. A rua tinha sido usada para conduzir as pedras para a sé. Era uma rua destinada ao trabalho. Ele andou alguns metros nela, já enxergando melhor as fachadas das casas. Casas próximas uma das outras, a rua também era estreita, para fugir um pouco ao sol dos trópicos.

Mas ali, naquele momento, não havia sol, e sim sombras. E foi da sombra que saiu uma mulher de face tão branca, embora de roupa escura, que ele se imaginou diante da morte. Ela olhou Azevedo com malícia e se aproximou quase sem tocar no chão. Ele não se mexeu. De longe sentiu o cheiro dela, um cheiro que vinha do seu sexo. Não sabia precisá-lo direito, era algo entre roupa suja e o perfume de rosas. Sabia apenas que as mulheres que faziam muito sexo guardavam essa essência, e que, mesmo sendo forte, quase insuportável, ele se sentia atraído por aquilo. Quando ela segurou a manga de seu casaco, ele tremia. Ela ergueu a mão de Azevedo e a colocou sobre o próprio peito. Era uma mão inerte. Não pressionava o seio, que devia ser mais branco do que o rosto. Ela então levou a mão para dentro do vestido e ele sentiu o volume quente.

— Vamos a uma casa de quartos?

Não havia voz nele. Os longos períodos de castidade sempre acabavam interrompidos em momentos de tristeza. Agora ele corria perigo diante da meretriz. Nunca tinha saído com uma delas. Não sabia de que forma negar o convite nem como aceitá-lo. E, quando lhe faltavam palavras, quando não conseguia fazer com que os seus lábios se movessem, ele se deixava conduzir. Ela o levaria para onde quisesse e cobraria o valor que bem entendesse.

Os seus pés começaram a se mexer em sintonia com os dela, aprofundando-se na escuridão. Como seria o quarto? Suportaria o cheiro daquele corpo onde os homens chafurdavam? Hábil, ela não o puxava, deixando que ele a seguisse lentamente.

Mas surge um coche com as lanternas acenas. O casal interrompe a caminhada; talvez ela queira o outro, um homem de posses, que faz a ronda pela rua das perdidas. O cocheiro obedece a um comando de pare. Um pouco adiante, outras mulheres surgem na rua. Estavam encostadas no vão das portas. Um cliente. Um bom cliente. A meretriz de rosto lunar ainda segura a mão de sua presa, para que não fuja. O homem no interior do coche coloca parte do corpo para fora, uma das lanternas ilumina o casal.

— Senhor Azevedo! Suba. — Era Rischen.

Haviam se visto rapidamente no final da tarde e agora aquele encontro. Por sorte, devia estar ali em busca de alguma companhia também. E quando o padre pensou na palavra *também*, teve consciência de que ele tomara aquela rua com este mesmo objetivo, pois ficara sabendo que ali era uma das regiões em que se contratavam meretrizes. O caminho que escolhera era o do corpo das mulheres de aluguel. E Rischen tinha propósito similar, mas o dele era declarado, não precisava esconder o desejo sob um silêncio mineral. Ficara grato ao amigo por não chamá-lo de padre. Seria um constrangimento muito grande, mesmo durante a noite, numa rua escura, habitada por esses fantasmas odoríficos.

A mulher continuava segurando a sua mão, enquanto o amigo o aguardava com a porta do coche aberta. As lanternas queimavam seu combustível, com chamas ora mais intensas, ora mais fracas. O cavalo respirando ruidosamente. Padre Azevedo livrou-se da moça e subiu no veículo. O cocheiro estalou o chicote e eles partiram. Os ombros dos dois homens, dentro do carro, se tocaram com o balançar do molejo. Deixavam as mulheres para trás sob um xingamento infame.

— Para onde o senhor estava indo? — Azevedo perguntou.

Sabia que o amigo viera à cata de mulheres. Havia outras vias de acesso ao lado do morro da Conceição. Não precisavam tomar a rua mal-afamada, a não ser para os objetivos a que ela se prestava.

— Vi o senhor seguindo para cá e fui atrás de um coche para resgatar o amigo.

Ele talvez estivesse mesmo numa situação de perigo e o seu

rosto revelasse isso. Sim, fora salvo, não da mulher que o arrastava para o seu centro, mas de si mesmo. E o seu salvador agora conhecia um pouco mais dele, de sua alma pecadora.

— Essas mulheres, Azevedo, estão geralmente com doenças.

Ele sabia dos charcos insalubres que elas cultivavam, mas não tinha a menor razão nesses transbordamentos de desejo. Ele teria ido para o quarto com ela e se deixado sugar para aquele centro. Agora, constrangido, amaldiçoava tal vontade.

— Merecemos coisa melhor — disse Rischen.

O carro virou à direita na rua do Senhor dos Passos, duas quadras depois à direita na rua da Vala, seguindo até o largo da Carioca. No interior do coche, não se falara inicialmente de mulheres, mas da quantidade de pessoas que comparecera na abertura. Para Rischen, fora um grande acontecimento. O padre permanecia em silêncio quando o outro lhe contou sobre aquelas ruas. Era comum, disse ele, encontrar na rua da Misericórdia ou no largo do Moura botas abandonadas. Na pressa, atira-se tudo para os lados e depois de superada a urgência, na escuridão da cidade quase sem luzes, a não ser nos dias de lua cheia, ficava difícil encontrar as botas masculinas ou as botinas das damas. No outro dia, bem cedo, voltava-se ao lugar provável do encontro. Mas, quando tudo se consumava dentro do coche, sempre andando por muitas ruas para não gerar desconfianças, e sendo o coche apertado, havia o risco de que uma das peças caísse e se perdesse ao longo do trajeto.

Tudo o padre ouvia com olhos distantes. Ao ouvir falar de botas, lembrou-se do odor forte do couro, igual ao do nosso corpo. Ele podia ainda sentir o cheiro daquela mulher ali dentro, e isso o perturbava. Do largo da Carioca, seguiram pela rua da Guarda Velha, passando pelo largo da Mãe do Bispo, rua da Ajuda, e, por fim, pela rua do Passeio. Em uma verdadeira marcha, sem reduzir o ritmo, o coche vencera o trajeto em pouco tempo.

Os cavalos pararam à direita, em frente ao portão do Passeio Público. Rischen abriu a porta e desceu primeiro.

— Você vai conhecer uma *pension d'artistes*, com as melhores francesas da Corte — e entraram no estabelecimento.

O padre sentiu um bafo de perfume e de álcool. Depois de algumas palavras que Rischen trocou com um funcionário, os dois foram levados a um quarto no andar superior. Rischen subiu os degraus de dois em dois, como se estivesse indo para uma reunião importante. A porta foi aberta e, no centro do quarto, em uma mesa redonda, duas mulheres os aguardavam, rindo. Havia uma cama atrás de um biombo com motivos orientais, e eles se sentaram com as mulheres. O padre tinha o corpo enrijecido; esgotara-se todo o desejo. As lâmpadas tremulavam com a brisa do mar que vazava as venezianas. As mulheres falavam alegremente com Rischen. E um rapaz entrou no quarto com bebida e taças. Serviu os quatro e se retirou.

— Vivam as máquinas — brindou Rischen.

As mulheres riram, achando que máquina era a palavra usada para se referir a alguma parte do corpo delas ou deles. A mais tímida colocou a mão nas pernas de Azevedo, que continuava tenso. Nem a segunda taça de vinho o amoleceu. Permanecia sem se mexer na cadeira, rindo de forma falsa para as conversas, nas quais ele não prestava atenção.

Ao terminar a segunda garrafa, Rischen apontou para o biombo e disse que Azevedo iria primeiro. Mas nem mesmo sua insistência entusiasmada fez com que o padre aceitasse tal deferência. Rischen então seguiu para a cama, a mulher negaceando por conta das investidas que ele fazia sob sua roupa ao longo do pequeno trajeto. Antes de se deitar, ela foi até a imagem de santo Antônio que ficava num nicho na parede e o cobriu com uma cortininha de veludo vermelho. E este pudor nascido da crença num futuro casamento fez com que o padre se descontraísse um pouco. Mas logo o casal começou a descrever a anatomia humana e ele se encabulou. A mulher que ficou na mesa apenas o olhava, sem se expandir, tentando talvez corresponder ao gosto do homem que lhe coubera.

No momento mais acalorado do casal atrás do biombo, o padre pediu, em voz baixa, licença para a senhorita, ele a chamou assim, ela esboçou um sorriso triste, de quem não tinha despertado o interesse, aceitando a recusa e a perda de algum dinheiro. E, com os passos de um ladrão, Azevedo saiu do quarto e desceu as escadas.

Depois de cruzar a rua e de contornar o Passeio Público, ficou ouvindo o mar e suas ondas insaciáveis.

Gostaria de acreditar na abstinência. Quando mais jovem, evitava o caminho do próprio corpo, esse território imprevisível. Os poucos banhos sempre com água fria e no escuro. A leitura até a exaustão total. E o repouso felizmente sem sonhos porque sonhos são perigosos. Sem nem se tocar, e mesmo dormindo de costas, para evitar a sensação de encaixe que a outra posição produz, em algumas noites, as mais quentes, ele acordava com a roupa de baixo úmida. Seu corpo havia expelido o desejo acumulado. Era mais um processo fisiológico do que busca de prazer, e mesmo isso o incomodava. A umidade pegajosa. O desconhecimento do que o levara a tal ponto, talvez uma imagem guardada incógnita em sua mente e que, na escuridão de seu sono, surgia como um pequeno olho-d'água. Verter-se.

    Agora, quando ele já não era jovem, a influência da noite quente, a mulher, cruzando a toda hora por ele, não poderia nem ser considerada imagem, mas presença viva. Ali no quarto, as paredes nuas, o ranger das madeiras do teto e do chão, um ranger choro-

so, de matéria que se contorce, a mulher se insinuava naquela tábua sofredora?

Não era só dela aquele cheiro, era de todas as mulheres do mundo, mulheres que não tinham nome, rosto ou voz. Qualquer mulher era todas as mulheres. A cama rangia sob o seu corpo quente. Lá fora, a brisa do mar refrescava as árvores e as paredes. Ali dentro, só o calor, esquentando ainda mais aquele motor oculto. Primeiro se deitou de bruços, descendo a mão direita ao seu próprio centro. Aconchegar aquilo que pulsa, envolvendo-o com os dedos esfolados. Uma concha à sua maneira. Uma luva de peles, ossos e nervos. Da vulva um pequeno arremedo. Por mais que forçasse contra a própria mão todo o seu peso, ainda não era aquilo o desejo. Precisava de movimento, que o corpo cavalgasse o vazio. Então sentou-se na cama, tirando a roupa. E, olhando para uma imagem santa, apenas uma mancha escura na parede, ele viu a mulher. A mulher que ele não teve. E a mão direita começou a marcha, e, quanto mais rápida ela se movia, mais ele sentia-se preso, e a mão que vai e volta aperta-o sempre um pouco mais, e ele sai de seu corpo rumo ao outro apenas imaginado, à sua frente, e, quando os dois corpos se enroscam, são ainda seus dedos que agem, cada vez mais velozes, verdes campinas, onde estais? Amada minha, o que dizeis? Sou o cavaleiro perdido, acolhei-me. E é a palma da outra mão, muito bem informada do que a primeira faz, que recebe o que sempre sobra do desejo. E ele pensa que são necessárias duas mãos para simular uma mulher. E a marcha enfim finda, tudo começa a se contrair, ele se limpa, e quando vem o sono já não há mais ninguém no quarto a não ser o solitário hóspede.

Perdido

Perdeu-se ontem à noite pelas ruas dos Inválidos, Resende, Matacavalos, Nova do Conde, Mataporcos e Engenho Novo um pé de botina de senhora, de pelica preta, nova. Quem achou é ogado levá-la à rua dos Inválidos, 73, ou ao Engenho Novo, chácara nº 84, que será bem gratificado.

Diário do Rio de Janeiro, 4 de fevereiro de 1862.

Máscaras

Eu me levantava bem cedo, antes do café que serviam para a gente naquela época, e me perdia pelas oficinas do Arsenal de Guerra, que ficava na rua do Hospício, próximo ao prédio antigo da Faculdade de Direito. A rua era mais uma estrada que, durante o verão, se transformava num deserto, num areal imenso, e no inverno num verdadeiro lago que só podia ser atravessado sem sapatos. Vivíamos praticamente isolados. Alguns cômodos ainda estavam escuros quando eu passava por eles, mas isso não era problema para quem tinha feito daquele lugar a sua casa, e que já frequentara muitos dos cursos que ali nos davam, preparando-nos para o trabalho mecânico. Eu não queria me preparar para nada, apenas preencher minhas horas de criança. A infância é um tempo muito extenso, por isso é tão difícil achar coisas agradáveis para nos distrair, ainda mais quando se é órfão.

Não me recordo do rosto dela, apenas de seu vulto andando à minha frente. Era pela manhã, e minha mãe me vestiu, arrumou uma trouxa só com as roupas dela, e seguimos juntos para a praça da alfândega, no bairro do Recife. Eu tinha perdido o pai, minha mãe trabalhava numa casa de família, cuidando das roupas das filhas e netas dos donos, e eu sempre via um homem jovem visitando o nosso quarto, no porão da casa. Ele não gostava de mim. O senhor pergunta como eu sei, e eu poderia dizer apenas que essas coisas a gente sente, ainda mais quando se é criança, mas eu também o ouvia dizer para minha mãe que era preciso arranjar alguém para ficar comigo, para onde eles iriam não havia como levar criança, e, depois dessas conversas feitas à noite em nosso quarto, eu fingindo dormir ao lado da cama de minha mãe, ela chorava e repetia que eu era ainda muito novo, não poderia me abandonar, e que logo quando eu crescesse um pouco mais poderia cuidar de mim mesmo.

Não sei quanto cresci depois dessas conversas, mas posso garantir que não o suficiente para cuidar de mim. Com isso, no entanto, minha mãe não devia concordar, pois me arrumou, saímos caminhando, ela me comprou um doce, e me levou para a praça, que, para um menino, era grande e cheia de gente. Minha mãe não me beijou, não arriscou nenhum carinho, apenas disse que antes de meu doce acabar alguém apareceria para me levar a um lugar bem bonito. Que não deixasse ninguém pegar meu doce. E ela se afastou. Vi o homem que não gostava de mim do outro lado da praça, fiquei observando-o olhar para minha mãe, como se eu não existisse; e para eles eu realmente já não existia. O que mais me revolta quando penso naquela manhã não é que minha mãe tenha me abandonado sem explicações, sei que ela devia ter suas razões, hoje entendo quanto sofre uma mulher sozinha com um filho, mas não posso aceitar que ela não tenha olhado nenhuma vez para trás, que não tenha tido a curiosidade de ver se o seu filho estava dando conta da obrigação nova de cuidar de si mesmo, e com um doce na mão, o que o tornava alvo fácil para os demais meninos que vagavam ali, às margens do rio Capibaribe.

A primeira coisa que fiz foi dar uma pequena mordida no doce, usando só os dentes da frente. Mastiguei com muita calma, engolindo toda a saliva como que para controlar as lágrimas. Passou um bom tempo; vi muitas pessoas se aproximando, mas nenhuma veio falar comigo, nem para me levar a outro lugar nem para me tomar o doce. Quando me cansei de ficar em pé, sentei à sombra de uma árvore pequena nas margens do rio, tomando o cuidado para não sujar as calças. Minha mãe não tinha me deixado outra roupa, e eu não queria chegar aonde deveriam me levar com má aparência. Desde então, mesmo no trabalho, que não é dos mais limpos, estou sempre com a roupa em ordem, a calça vincada e cheirando a sabão. Por mais que sue ou ande o dia inteiro, não me sujo. Isso deixa as pessoas intrigadas e até me disseram que sou assim por orgulho, e talvez tenha de fato um pouco de orgulho nisso, manter a altivez mesmo quando tudo está contra nós. Fiquei ali na praça, esperando alguém que eu não sabia quem era ou se existia. Para mim, seria um homem. Se minha mãe tinha me deixado ali era porque um homem, talvez algum parente de meu pai, viesse me buscar. No começo não tive medo, era só não deixar me tirarem o doce. Apertei-o na palma da mão e a mantive atrás das costas. Eu agora rio desta decisão, e fico imaginando a cara feroz que devo ter feito.

Foi ela que me salvou. Um homem estava passeando no fim da tarde, sim, fiquei o dia inteiro lá, e se aproximou de mim.

— Contra quem vossa senhoria está brigando? — ele me perguntou com humor, e eu disse que contra os ladrões.

— Ladrões do quê? — ele estava se interessando por minha história.

— Ladrões de doce.

— Mas não estou vendo nenhum doce.

— Não é para ver mesmo — respondi, numa ousadia própria dos meninos.

E então veio a pergunta que todos fazem:

— Onde está sua mãe?

Eu poderia dizer que ela tinha ido embora com um homem ruim, ou que ela tinha morrido ou qualquer outra coisa, mas resolvi dizer que não tinha mãe. Nunca tinha tido mãe. Nem mãe nem pai. A minha roupa devia me denunciar. Um menino assim bem-arrumado tinha mãe com certeza. O homem se aproximou mais e perguntou se eu queria ir até a casa dele. Tudo que pude questionar é se era longe. Ele riu e disse que não, morava bem perto. Então concordei. Quando chegamos, vi que não era a casa de uma família — moravam lá quatro jovens. Ele me apresentou aos outros rapazes, todos cuidavam da própria vida. Um disse de onde era. Os demais apenas brincaram comigo. Eu continuava com a mão esquerda escondida.

O homem que me trouxe pediu para ver o que eu tinha naquela mão. Gritei que não. Ele então me segurou, puxou meu braço e descobriu a mão lambuzada de algo escuro e pegajoso. Tem um machucado aí, disse e foi forçando meus dedos até que eles se abriram de uma vez e uma bolota de massa açucarada caiu no chão.

Tudo que eu disse foi que eu não podia deixar ninguém me tirar o doce. Um dos rapazes achou que eu estivesse com fome ou com vontade de comer algo e me levou à cozinha. Tinha uma negra preparando a janta. Ela lavou minha mão e eles me serviram um prato. Enquanto eu comia, conversavam como se eu não estivesse presente. As pessoas sempre conversam diante de um órfão como se ele não estivesse presente.

— O que vamos fazer com ele? — perguntou um dos jovens.

— Morar aqui ele não pode — concluiu o que me trouxera.

— E em breve não estaremos mais juntos. Cada um vai começar a vida de formado — disse o terceiro deles.

— Mas não podemos deixar que ele fique na rua. Você não tem mesmo nenhum parente? — me perguntou o único que não tinha dito nada até aquele momento, e senti nele um pouco de carinho.

Com a boca cheia, eu disse que não tinha parente nem conhecido. Mais não tirariam de mim.

Eles me levaram para um quarto pequeno, e concluí que minha mãe tinha mentido, aquela não era uma casa bonita. Antes de me deitar, a primeira vez sozinho em minha vida, tirei a roupa, dobrei tudo com cuidado e guardei numa mesa, único móvel além da cama e da cadeira. Era um quarto para estudante. Os meus sapatos eu coloquei sob a cama. Apaguei a vela e fiquei a noite inteira acordado, atento ao silêncio da casa. Só fui dormir quando o sol nasceu. Acordaram-me na hora do almoço, e os rapazes brincando comigo.

— Arrumamos um lugar para você.

— Um lugar onde você vai poder estudar.

— E também aprender uma profissão.

— E um dia talvez entre em uma faculdade.

Eles falavam uma frase cada um. Eu estranhava aquele jeito de conversar. Estava me habituando a uma existência coletiva. Não sabia que naquele mesmo dia ia ser levado ao Arsenal de Guerra, onde viveria no meio de meninos e de jovens.

Os quatro foram me deixar lá e nunca mais voltaram para me ver. As pessoas se esquecem de mim com rapidez. Quantos amigos daquele tempo não me cumprimentam quando nos encontramos por acaso. Eu não devo despertar muito afeto.

Por isso talvez tenha me ligado ao padre Azevedo. Assim que comecei a morar como interno no Arsenal de Guerra, fui para as aulas de primeiras letras que ele dava aos meninos. A turma já estava adiantada, e eu tinha que aprender tudo do início. Ele então dedicou mais atenção a mim. Havia meninos de várias idades e tive que me proteger. Quando perguntavam meu nome, eu dizia um que era falso: Joaquim Maria de Sousa. Joaquim era o nome do patrão de minha mãe. Maria o nome dela. E Sousa vinha do estudante que me tirou da praça. Já era alguma coisa eu ter revelado um nome, pois aos rapazes eu não dissera nem isso.

Aprendi a ler e a escrever rapidamente. E logo estava frequentando as oficinas do arsenal. O senhor quer saber quais as que me interessavam mais. Eu logo conto, deixa apenas dizer que, desde que fui morar lá, fiz de tudo para não depender de ninguém.

Eu passei por quase todas as oficinas. Na de tanoeiro aprendi algumas noções da arte. Mas o barulho muito grande e o trabalho meio bruto me afastaram dela. Fiquei algum tempo na de torneiro, e foi bom aprender a preparar peças de madeira e de metal. É um trabalho de paciência, desgastar o material aos poucos, descobrir uma outra coisa que mora dentro da matéria. Também trabalhei na serralheria, onde havia sempre muito serviço. Não me adaptei à oficina de correeiro, seleiro e alfaiate, por julgar aquela uma ocupação de mulher, e tudo que eu queria era me fazer homem. Havia sempre muito serviço, principalmente durante a Guerra do Paraguai. Éramos recrutados para preparar armas, arreios e uniformes, e até as aulas acabaram suspensas. Neste período, tive que parar com a música. Ah, o senhor não sabia que aprendíamos música? As aulas eram dadas pelo padre. Ele tocava piano muito bem, e não teria inventado a máquina para escrever se não fosse amigo da música. Eu aprendi com ele, mas nunca me dediquei a isso. Ainda toco, se o senhor for lá em casa vai encontrar um pianinho que comprei de uma família vizinha. Não quero ser músico, mas me preparo para o futuro. Terei o que fazer nas horas vazias da velhice, que não são tão longas como as da infância mas também demoram a passar. Já não temos mais curiosidade pelas coisas, as companhias são poucas, quem amamos já morreu ou está preso em casa às doenças, então carece ter uma distração qualquer. Toco peças clássicas, algumas músicas religiosas, mas gosto principalmente da música romântica, com a qual tive contato ainda no tempo de aluno. Guardo as partituras da época do arsenal como uma prova de que aos órfãos não davam apenas conteúdos técnicos. Passando por várias oficinas, tendo aprendido um pouco de música e impressão, e me destacando na marcenaria, acabei próximo do padre. Pela manhã, quando fazia a ronda pelas salas do arsenal, era comum me encontrar com ele na sua oficina, um cômodo pequeno, sem janela, talvez até tivesse sido usado como despensa. Não dispunha de muitas coisas. Uma bancada, umas prateleiras, uns bancos velhos. E o padre, sempre em roupas de trabalho, parecia um operário. Eu reprovava isso nele, pois já falei que temos que cuidar de nossa aparência para que não nos tomem como desamparados. Padre Azevedo nem percebia quando eu chegava. Nesta época, ele passava muitas horas trabalhando em seu invento. Depois das aulas da noite, ele não ia para casa, que ficava, se não me engano, na rua Larga do Rosário, encostada na igreja dos pretos. Esquecia-se na oficina mal iluminada por algumas velas, construindo a máquina. Pela manhã, me dava alguma tarefa e eu me sentava em um dos bancos para lixar madeiras, ajustar peças de metal e pontas de hastes, serviço demorado porque o padre não aceitava o menor defeito. Eu gostava tanto destas matinadas que me esquecia de tomar café e ia para as aulas na companhia do padre, ele meio empoeirado do trabalho, eu sempre com a roupa em ordem. Não falava muito e acho que não diferenciava a gente, éramos apenas os aprendizes menores, embora em alguns momentos ele parecesse muito atencioso. De repente, no meio do serviço, quando esculpia uma madeira com o seu canivete, para os propósitos que somente ele conhecia, deixava um pouco a tarefa, erguia os seus olhinhos e perguntava algo para a gente.

— Do que você mais sente falta?
Esta foi a pergunta mais difícil em toda a minha vida. Revelar assim, de uma vez, o que mais nos falta? Eu poderia dizer que sentia falta de um quarto só para mim, ou de brincar na rua, ou de um tipo de comida, ou de irmãos. No fundo, somos todos muito carentes, faltam-nos tantas coisas, coisas grandes e pequenas, e a lista delas poderia não ter fim. Mas, quando você tem que escolher uma só, a resposta fica muito difícil. Se fossem ao menos umas dez coisas, mas não, o padre tinha pedido para eu escolher a mais importante. Nesta época, eu estava começando a me interessar pelas moças. Não tinha experimentado nada ainda, mas ouvia os mais velhos falarem nisso. Talvez como efeito de minhas aulas de música, eu sonhasse com uma mulher. Poderia então dizer que sentia muita falta de um amor. Mas isso era mentira. Gostaria também de ter uma oficina de marcenaria só para mim, onde eu pudesse fabricar móveis caros para as famílias ricas. Nos jornais, eu gostava de acompanhar o anúncio das mobílias. Vim a ter esta oficina muitos anos depois, então este era um projeto sério para mim. Mas não poderia dizer: O que mais me falta é uma oficina. Se eu dissesse isso seria falso. Muitas coisas são falsas apesar de serem verdadeiras. Não sei se o senhor me entende, talvez eu não saiba explicar. Tem coisas que são falsas e no entanto são tão verdadeiras. Olhei bem para o padre, ele aguardava a resposta. Qual a importância do que sinto para esse homem? Na maior parte do tempo, ele nem sabia de nossa existência, por que fazia agora esta pergunta? Ele segurava o canivetinho. Parecia um brinquedo de criança. Éramos ali dois meninos brincando de fazer de madeira. Não tive esta ideia na época, estou pensando isso agora, quando conto tudo ao senhor. Vi esta cena muitas vezes antes, meninos construindo, no fundo do quintal, gaiolas com pauzinhos, usando canivetes e outros instrumentos. E algo me comovia nesta atividade, eu cheguei a pensar que a profissão

de marceneiro era uma continuação disso. Todos somos construtores de gaiolas, mas vejo que a cena me enternecia porque me ligava, sem que eu soubesse, àquelas manhãs em que fui auxiliar do padre, quando ele finalizava, vim a saber depois, a sua máquina para escrever.

— O que mais me falta é meu pai — eu disse.
Ele olhava para mim, mas seus olhos viam muito além.
— Eu também sinto falta do meu — ele disse.

E se aproximou de mim e me abraçou, não como o mestre abraça o aluno frágil, mas como o irmão mais velho se entrega ao mais novo. Não choramos, éramos calejados demais pela vida para isso. Tudo não durou mais do que um minuto, e já voltamos ao nosso trabalho. Depois desta confissão, estávamos estranhamente alegres, e fizemos muito mais coisas do que em outras manhãs.

Quando seguimos para a sala de aula, os outros alunos perceberam nossa disposição. O padre explicou um conceito de matemática, mostrou como ele se manifestava e pediu para darmos exemplos.

Ao chamar Joaquim Maria de Sousa, indicando que eu deveria falar sobre o assunto, pela primeira vez senti que meu nome, apesar de falso, era algo muito verdadeiro.

Gostava de visitar o bispo de Olinda e Recife, não por motivos de hierarquia, mas porque sua vida religiosa se vinculara a este homem que mais parecia um sertanejo, tanto na cor como nos hábitos, conquanto nascido em Portugal. Ele o trouxera da Paraíba para o Seminário de Olinda, quando Azevedo era um rapaz. Ligara-se definitivamente a dom João da Purificação Marques Perdigão, que, mesmo na velhice, logo completaria oitenta anos, mantinha uma disposição de jovem.

Entrar no palácio da Soledade era voltar um pouco ao tempo de seminário, oportunidade para ser grato a este religioso que, mais do que o título de padre, dera ao órfão a chance de estudar, de fazer-se inventor. O palácio tinha certa imponência que enganava quem não conhecia aquele bispo que distribuía todo o seu dinheiro e visitava lugares remotos do sertão para levar ajuda. Não havia solenidades e, em vários sentidos, ali era realmente um templo da solidão. Azevedo foi atendido na porta por um ajudante e seguiu sozinho até a sala. Com sandálias de couro, uma roupa simples, de tecido rústico, dom João estudava a Bíblia meio deitado num canapé de jacarandá e de tela gasta. Interrompeu a leitura assim que viu a visita.

— Estava fazendo minha oração matinal. — O seu rosto era redondo e tinha a pele caída.

— Não queria atrapalhar. Como o senhor desejava falar comigo, achei melhor vir pela manhã.

Não teria coragem de dizer a verdade, mas Azevedo relacionava dom João ao período da manhã. O padre tinha uma atração muito grande por esse momento do dia. Num país tão ensolarado como este Brasil pernambucano, a luminosidade tropical estava traduzida na figura e nas ideias deste seu amigo bispo. Tudo nele era luz, sol, claridade. Nas roupas, nos poucos cabelos brancos, na face curtida em suas andanças a cavalo por várias localidades do interior, ele se fizera luz. Não uma luz mística, mas a luz que calcina o solo sertanejo. Visitá-lo pela manhã era encontrá-lo em seu ambiente.

Sentaram-se um ao lado do outro na sala imensa, mas de poucos móveis, tomada pelo sol. As janelas estavam abertas e não havia cortinas filtrando a luz. O oratório num canto, a mesa com cadeiras de espaldar alto, mais algumas avulsas, um armário onde ele guardava livros religiosos e imagens. Ao candelabro que pendia do teto faltavam velas. O bispo não devia ter uma vida noturna. Acordava antes do nascer do sol para suas obrigações de fé, aproveitando o dia. Tapetes também não existiam ali. As tábuas do assoalho eram limpas e ressequidas. O bispo livrara o edifício de seu aspecto de palácio. Vivia na sacristia de uma igreja, na mais completa austeridade.

— Como estão as aulas no arsenal?

— Os meninos aprendem o que conseguem.

Azevedo sabia que não fora chamado para tratar de seu trabalho como professor de órfãos, a quem ministrava aulas de geometria e desenho, aritmética e noções de mecânica prática. Agora, estava lecionando música e composição tipográfica. Sempre fora defensor da formação de artífices, o país precisava abandonar o trabalho escravo e dar às gerações novas um conhecimento que pudesse melhorar a vida de todos. Mas sobre isso já falara muitas vezes com dom João. O bispo não o chamara para este tipo de assunto, tinha algo difícil para dizer. Depois daquela introdução e de uns segundos de silêncio, chegaram de fato ao início da conversa.

— Soube que você está trabalhando num invento novo.

— Não só em um, senhor bispo.

— Mas o que se fala é que a um deles o padre tem dado mais atenção.

Muitas vezes, padre Azevedo se sentia um animal exótico, que despertava a curiosidade das pessoas. Quando passava as horas de folga na oficina, depois de suas obrigações de magistério, sempre aparecia alguém para visitá-lo. Na verdade, as pessoas queriam acompanhar os avanços de seus projetos. E depois espalhavam na cidade que o padre construía isto ou aquilo. Assim, embora reservado por temperamento, ele vivia exposto à curiosidade, e suas ideias eram conhecidas antes de se materializarem. Talvez este fosse o preço de ser inventor num país de agricultores, poetas e políticos. O bispo já sabia da nova máquina.

— Trabalho em uma máquina para escrever.
— Não me lembro de o padre ter me falado nisso antes. Desistiu de seus veículos acionados pela força das ondas e do vento? Os desenhos estavam lá na oficina. Podiam funcionar, mas o padre não via como convencer as pessoas, sempre temerosas de acidentes, a usar os novos meios de transporte. A humanidade podia criar milhões de objetos, mas só uns poucos seriam aceitos.
— Acho que necessitamos mais da máquina para a escrita mecânica.

Neste momento, a empregada veio avisar o bispo de que fiéis o procuravam. Ele se levantou e foi até a entrada do palácio, que permanecia com a porta aberta. O padre sabia que tipo de fiéis eram. As pessoas mais pobres apareciam diariamente para pedir algo. Dom João voltou logo para dentro, foi até o armário, tirou algum dinheiro e foi entregar seu dízimo pessoal aos necessitados. Para eles, Deus não falhava. Se estavam precisando de algo, era só procurar o bispo, que morreria pobre. E isso não teria a menor importância para o benfeitor, ainda vigoroso numa idade em que muitos já se recolheram ao quarto, às lamentações. Retornou ao canapé sem sinais de irritação ou de beatitude, retomando a conversa.

— O senhor falava na necessidade de uma nova máquina...
— Dom João, sei que o senhor deve pensar que o homem precisa é de pão. Esta é a necessidade maior em nossa terra.
— De pão e de Cristo, que em essência são uma coisa só.
— Mas as máquinas aliviarão o homem do trabalho bruto.
— Escrever não me parece uma atividade bruta. Queria entender por que você escolheu construir uma máquina assim.
— Assim como?

O bispo foi até a mesa, ficando de costas para padre Azevedo. Ele era um homem de ações. Tinha dificuldade para aceitar aquilo que não fosse prioridade para os que sofriam. Apesar de sua admiração por dom João, o padre sabia que todo ser humano só pode compreender a partir das próprias convicções. Então, não adiantava falar que sonhava com uma época em que as crianças aprenderiam a escrever na máquina, e isso daria muito mais rapidez aos estudos, tudo anotado em folhas com letras tipográficas, criando familiaridade com a mecânica. Era um tempo que só existia em sua imaginação. O bispo tentava resolver os problemas de ontem dos seus fiéis, as refeições que eles não haviam conseguido ainda fazer.

— Não quero parecer um censor. — Dom João continuava sem olhar para o padre.

— São sempre proveitosas as suas palavras.

— Talvez você esteja desperdiçando o seu talento.

O padre gostaria de dizer que no fundo tudo é desperdício. Mas não teria coragem de proferir tal insolência. Tinha diante de si um homem honesto, um homem bom. Eram raros os homens bons. Mas a bondade sempre vinha acompanhada de uma dose de intransigência. Concordaria com o velho mestre. Não por gratidão, mas por respeito.

— Talvez o senhor tenha razão. Tenho pensado em um engenho de moer cana acionado pela força do vento — mentiu.

— Sim, é preciso dar um caráter mais imediato aos inventos.

Dom João se virara e agora olhava para o padre e sorria. Recriara-se o ambiente amistoso. Conversaram um pouco sobre máquinas necessárias na cidade e no sertão, o bispo ia listando tudo que o padre podia construir. Quando a antiga camaradagem estava sedimentada, o inventor voltou à conversa perigosa.

— Como o senhor sabe, meu pai foi tipógrafo.

— Um tipógrafo importante. Pena que tenha morrido tão cedo.

— E eu desde criança me liguei a este ambiente. As aulas

de que mais gosto são as de composição tipográfica. Quando vejo os tipos ou aspiro o cheiro da tinta, algo me devolve à infância.

— Você se sente assim próximo de seu pai.

— Sim, depois de uma idade, tudo é memória. Não passamos indiferentes aos lugares onde já estivemos. Lembro-me do cheiro de jornal. Meu pai cheirava a papel e tinta. Quando estou lendo uma de nossas folhas, há momentos em que olho para a sala com a sensação de que meu pai está chegando.

— O senhor padre nunca tinha me falado desses sentimentos. Talvez agora compreenda a sua dedicação aos órfãos.

Padre Azevedo tinha os olhos brilhantes. Podia ser só o reflexo do sol, podia ser uma luz interior. Ou as duas coisas ao mesmo tempo.

— Ocupei o lugar de meu pai.

— E foi além.

— Só quis ser igual. Assumi o seu nome. Apaguei o que nos diferenciava. De Francisco João de Azevedo Filho, fiquei sendo apenas Francisco João de Azevedo.

— Mas acrescentou a sua condição de padre.

Padre Azevedo se levantou e os dois seguiram até a janela, para olhar o jardim do palácio da Soledade — um nome tão forte, tão verdadeiro. Era reconfortante ver a sombra sob as plantas. Tanto sol cegava. A sombra numa manhã ensolarada trazia algum alívio.

— Não entendi aonde você quer me levar — disse o bispo, num tom de voz próprio de confessionário.

— A máquina é uma tipografia pequena. Sonho com o dia em que todos possam escrever usando as conquistas da mecânica.

— A tipografia é um trabalho árduo.

— Estou buscando a leveza do piano. Até uma criança poderá escrever na máquina.

Uma criança igual à que fui, ele gostaria de dizer ao bispo, mas as confissões já tinham sido muitas e intensas. Era hora de mais uma pausa. Continuariam esta conversa outro dia. Em silêncio, os dois ficaram olhando as sombras no jardim.

Ainda sonolento, pois ficara o dia todo na oficina, tentando terminar mais uma parte do maquinismo das hastes, padre Azevedo deixou sua casa na rua Larga do Rosário. As ruas do Recife estavam escuras àquela hora, mas não havia nenhum receio durante a caminhada. Encontravam-se vultos andando como se fosse uma manhã de domingo, o que fazia com que a noite perdesse sua natureza ameaçadora. Muito raramente, Azevedo frequentava a cidade neste horário. Talvez estivesse um pouco atrasado para a missa do galo de 1859, mas os demais padres sabiam que dele se podiam exigir muitas coisas, menos o cumprimento de todas as obrigações sacerdotais. Professor com várias turmas, padre com funções eclesiásticas menores, colaborador de publicações, inventor inquieto, ele se dividia em tantas funções que frequentemente se emaranhava nos compromissos. Mas aquela era um data especial. Ele vinha se cobrando uma maior atenção aos deveres religiosos, incomodado por não se dedicar aos rituais da Igreja. Todo o tempo que conseguia acabava destinado agora ao novo projeto. Queria completar logo o maquinismo, e projetar depois um belo móvel para ele.

Nem o atraso fez com que ele concentrasse sua mente na necessidade de ir mais rápido, pois seguia alheado, solucionando pequenos problemas do dia. Em alguns momentos, era tomado pelo remorso. Amanhã é Natal, dia maior do nosso calendário, e não devo deixar que preocupações mundanas me afastem do tempo místico. Ao menos um dia o padre em mim terá exclusividade. Passarei o dia rezando e não sairei de meu quarto nem para... Quando menos viu, já imaginava que, invertendo a posição das molas, daria mais força para elas e a impressão dos tipos no papel ficaria mais nítida. Não poderia deixar de testar isso no dia seguinte, para ver se funcionava. E ele assim se desviava de seus propósitos iniciais. Seus movimentos ficaram mais lerdos, ele olhava interiormente as partes da engrenagem. E logo se arrependeu mais uma vez por não dirigir seus pensamentos ao nascimento de Cristo, mas fez um raciocínio que o apaziguou. Cada um rezava de maneira particular. Quem era só religioso repetia as orações. Mas algumas pessoas se dedicavam com tanto afinco a certas atividades que esta dedicação era sua forma de falar com Deus. Quando me dedico aos inventos todo o meu corpo ora, reverenciando o Criador, ele pensou.

Não acertaria a rua que o levava direto à igreja matriz do Santíssimo Sacramento de Santo Antônio se não tivesse se deixado conduzir por alguns vultos que o ultrapassaram, cumprimentando-o. Seguiu-os até as portas da matriz, que transbordavam uma luz amarelada. Entrou pelos fundos, direto na sacristia, iluminada precariamente por poucas velas. Estavam lá outros padres e as pessoas próximas da irmandade. Os demais sacerdotes já haviam se paramentado, só faltava ele. Recebeu as vestes depois de dirigir algumas palavras a todos. E só então viu sair da sala contígua o bispo.

Ele estava com as roupas próprias do cargo e da ocasião, e estas roupas ocultavam o homem nele. As roupas e as sombras, pensou padre Azevedo. Era como se uma outra pessoa fosse rezar a missa do galo. Não se encontrava ali o bispo do sertão, mas o de Olinda e Recife. Havia sempre um jogo de luz e sombra nas pessoas. E a chama daquelas velas que enfumaçavam tudo, movendo-se com o deslocamento dos corpos na sala fechada, dava-lhes uma face falsa. A projeção de sombras moventes na parede só reforçava a impressão de que todos ali eram vultos. Entre o bispo das manhãs e da face bronzeada e este da noite e dos paramentos havia um contraste.

O padre cumprimentou formalmente seu superior. Não eram dois amigos ali. Mas duas máscaras. Todos usavam máscaras para aparecer publicamente. E, num cortejo solene, eles se encaminharam para o altar.

Enquanto a missa ia sendo rezada, como que sozinha, pois existia também um maquinismo mental que movimentava as ações humanas, padre Azevedo estudava os vultos na nave única da igreja. Não podia distinguir a identidade de nenhum deles, as velas postas em candelabros laterais não permitiam uma visão com nitidez. Todas aquelas pessoas eram almas penadas. Vagavam pela noite em uma procissão de fantasmas. Seria preciso um grande esforço para voltarem a ser gente. Isto só poderia acontecer à luz do dia, e não agora quando as sombras roubam quem somos, dando-nos uma natureza de sonho.

O único momento em que esta sensação quase desapareceu foi durante o sermão de dom João. Ele não leu algo preparado antes, preferindo improvisar a sua homilia. Meio que se movendo no ar por conta da vasta indumentária a ocultar seus pés, chegou ao púlpito e, fitando o vazio de sombra em que se transformaram os rostos dos fiéis, pronunciou-se, na voz potente dos pregadores, apesar dos oitenta anos que já completara. Ele se dirigia aos mortos de amanhã, refletiu padre Azevedo. Era preciso chegar a quem ainda nem nasceu.

— Hoje, vivemos na sombra. Mas a luz se prepara, prepara-se longamente. E em breve, no amanhã que se inicia agora, virá o novo. O espaço que nos separa do amanhã é imenso e pequeno. Pequeno pela sua duração temporal. Mas imenso porque não pode ser percebido. É uma medida religiosa. A noite. A escuridão. O medo. Tudo tem que ser transposto para que possamos receber a luz. Esta luz não existe ainda. É apenas promessa. Sabem dela os galos que a anunciam. Ouvir o canto do galo é a essência do ser cristão. Não precisar ver para crer. Acreditar nos sinais. Esperar com confiança.

"E é assim, milagrosamente, que passamos do mais profundo breu à luz suave que se gesta por nós e em nós. Amanhã nasce Jesus, a criança que nos renova, em um ato de entrega. Ele nasce todos os anos para saber que morrerá na cruz. E mesmo assim continua nascendo, porque precisamos que ele nasça. Somos os pobres, os necessitados de luz.

"O nascimento de Deus é o símbolo maior da terceira virtude teologal, a caridade. Ele se faz carne para suprir uma carência nossa.

"Irmãos, se Deus é tão generoso conosco é porque ele conhece as nossas necessidades. Ele dá aos seus tudo que ele tem, seu corpo e seu sangue, em sacrifício. Ele se entrega. Ele se doa. E se aqui estamos, ansiosos por sua luz que é alento, por seu corpo que é alimento, por seu sangue que é vontade de viver, devemos imitar este exemplo. E como vamos imitar? O Natal é uma oportunidade para a imitação salvadora. Sejamos aquele que dá aos necessitados. Não daremos nosso corpo, mas o alimento que sobra para nós e falta a tantos. Não daremos nosso sangue, mas a bebida que sacia os que têm sede. Crer é um ato de doação. Não só se doar às rezas, mas aos outros, aos que nos buscam como último recurso..."

E o sermão de dom João seguia pelo caminho aberto por estas imagens. E até as chamas das velas, antes agitadas pela brisa que entrava pela porta, pararam de bruxulear. E o bispo acalmou os que sofriam, criando um desejo de bondade. A partir dali, padre Azevedo não divagou mais.

Só na sacristia, quando todos tinham tirado as roupas formais, ele se aproximou de dom João para tentar terminar a conversa de dias antes.

— Dom João, o senhor se lembra de nossa conversa sobre o uso dos inventos?

— Já entendi suas razões. Estou satisfeito com elas.
— Mas eu não estou. Gostaria que fosse útil ao nosso trabalho religioso. Poderíamos colocar uma máquina em cada igreja e ensinaríamos os seminaristas a manejá-la.
— Para quê?
— Para capturar os sermões, dom João. Assim, poderíamos atingir o coração dos fiéis presentes e também os que ainda não nasceram. A outra forma de registrar isso seria contratando taquígrafos, que são caros e raros.
— E nem sempre religiosos — concluiu o bispo.
— Com a máquina, teríamos a memória material de todos os sermões. Imaginou a riqueza para os estudos e o ensino religioso?
— Só ficamos nós dois aqui na sacristia. O galo vai cantar em breve.
— Terei o apoio do bispo?
— Uma máquina para escrever em cada igreja do Império? Verei como ajudar.

E os dois saíram para um céu nublado, e logo se separaram. Não havia mais pessoas na rua. A cidade dormia. Tudo estava coberto de sombra. Era com dificuldade que padre Azevedo caminhava, pensando que nem um uso religioso de sua máquina tinha entusiasmado dom João.

E voltou para casa, cansado de não existir.

Na visita do dia 5 de dezembro de 1861 à Exposição Nacional, dom Pedro foi ainda mais ligeiro diante da máquina, que estava em funcionamento para um grupo de jornalistas, e talvez os temendo, ou apenas aproveitando a situação, ele mal a olhou e seguiu adiante, fazendo sempre uma parada breve na frente dos objetos. Um jornalista ainda ironizou dizendo que o imperador já incorporara o ritmo dos trens recentemente usados no país. E era sobre a rapidez da escrita que o padre falava ao manejar o teclado com dedos dançarinos.

— Poderá ser usada na redação dos jornais — ele explicou.

— Já não temos espaço para nós. Agora imagine uma sala cheia desses pianinhos — disse o jornalista que criticara o imperador, autor de artigos no *Diário do Rio de Janeiro* que defendiam a agricultura do país, sem representatividade na exposição.

Uma das imagens que ele usaria na abertura de seu primeiro passeio pela exposição mostrava a sua inadequação. No andar superior, à esquerda, havia uma cama de casal cheia de lampiões e foles para matar formiga. Era um quadro no mínimo ridículo. A cama que prometia intimidades de alcova com esses objetos tão comuns. Na mesma sala, estavam os instrumentos agrícolas expostos por Miguel Couto Santos, e que foram valorizados pelo jornalista: foice, machado, sacho e enxada. Era com isso que se libertaria o país da escravidão econômica da Inglaterra, muito mais prejudicial do que a escravidão propriamente dita, pensava o autor daquele artigo. E ele foi listando o conteúdo das demais salas. Em uma, pássaros, peixes, pedras e um ou outro trabalho de couro. Na seguinte, oleados, solas e vidros, tudo muito tímido. Mesmo os produtos químicos de Ezequiel Correia dos Santos não impressionavam. Faltava o Brasil verdadeiro na exposição, que era o Brasil dos produtos necessários, do chá, do feijão, do milho, do algodão. Não havia o predomínio da lavoura, apenas adornos de nacionalidade.

No segundo passeio, ele se escandalizaria com o destino dado a capins, raízes e colmos, que tinham ficado na sala mais mal localizada, no fundo do edifício, enquanto a entrada fora tomada pelas flores de chita e de folha de flandres.

— Tudo é máscara — disse para o amigo que o acompanhava logo em seguida. — A Corte é uma máscara. O imperador é uma máscara. Esta exposição, a maior máscara de todas.

Suas ideias iam ficando mais ousadas. A ciência não entrava na exposição, e poucas eram as máquinas agrícolas. O país estava deslumbrado com a sua imagem. Era como se a rua do Ouvidor tivesse mudado de lugar, mas uma rua do Ouvidor não com os objetos modernos, e sim com as nossas roupas de roça.

Neste momento, houve um pequeno tumulto na galeria de modas e pinturas. Várias pessoas correram para lá, por onde havia acabado de passar o imperador. Os dois jornalistas também atenderam ao movimento dos visitantes. Quando se vê um grupo correndo, os nossos instintos selvagens, que permitiram que nossos ancestrais se mantivessem vivos numa época em que eles eram caças fáceis, nos faziam seguir a manada. Padre Azevedo fechou o teclado, encostou a cadeira e seguiu para o mesmo ponto.

— O que houve? — perguntou a um senhor que já vinha em sentido contrário.

— Acharam uma máscara — ele disse, sem dar outra explicação.

As palavras do jornalista ainda soavam na cabeça do padre. Esquecera de lhe perguntar o nome. Seus artigos, nos dias seguintes, não seriam assinados.

Empurrando um pouco as pessoas, o inventor conseguiu enxergar o centro da confusão: uma das vitrines, onde antes havia um vestido de modistas, provavelmente francesa, mas feita na Corte. O vidro não estava quebrado. Aquele era um templo de vaidade, e desde o início lhe desagradara. Quadros ao lado de roupas. A arte misturada com as modas. Pensou que pudessem ter roubado alguma peça, o que não seria propriamente um escândalo. Talvez alguma briga. Alguém agredira o imperador. Mas se isso de fato tivesse acontecido, ele não estava mais ali, pois a comitiva fora embora rapidamente. Apenas expositores e visitantes comuns se aglomeravam. Um dos inspetores tentava abrir a vitrine, mas o povo se aproximara tanto que era difícil puxar a porta.

Quando uma pessoa saía, outra ocupava imediatamente o seu lugar. Os que deixavam o posto de observação voltavam rindo. O padre teve que esperar uns minutos para poder entender o que acontecia.

Então viu sobre o chapéu que acompanhava o vestido exposto uma máscara de folha de flandres, usada para punir os escravos. Era uma forma de fazer com que eles não bebessem no trabalho ou nos serviços de rua. No assoalho, estavam as argolas pequenas (infantis) e gomos de correntes que prendiam os escravos. Pendurada no vestido, uma folha com a frase: OS VERDADEIROS PRODUTOS DA INDÚSTRIA NACIONAL. A letra era disfarçadamente ruim, para que não se identificasse o autor. Alguém retomara a ofensa de Stein, escolhendo um produto mais fácil de ser transportado para a exposição em sigilo, talvez sob uma casaca, dentro de uma cartola ou preso debaixo do vestido de alguma senhora. Aproveitara um momento de pouca gente na sala para deixar os objetos em um lugar bem visível.

O padre voltou para o seu posto quando mais gente ainda chegava para ver o que estava acontecendo. O episódio criaria um debate público. Todos ficariam sabendo do incidente, talvez até em Londres saísse algum artigo sobre a confusão causada pelos defensores dos escravos. Assim que abriu sua máquina, o padre escreveu a frase que estava na vitrine e ficou contemplando a impessoalidade e a limpeza das palavras impressas.

Nos jornais dos dias seguintes, não saiu nada sobre a máscara de flandres, nem no artigo do jornalista que criticava a exposição. A máquina do padre também não merecera destaque. Discutiu-se sobre os objetos expostos pela companhia de gás, o Arsenal de Guerra do Rio de Janeiro, onde existem muito mais funcionários brasileiros ou portugueses do que de outras nacionalidades, e a contribuição da província de Minas Gerais, com os minérios ainda extraídos de forma rústica, lembrando que nossa indústria está na primeira infância e perde espaço para os países vizinhos.

O padre quase já não conversava com as pessoas ao apresentar o seu invento, que não despertara o interesse real de ninguém. Foi Rischen quem o procurou. Depois da visita à pensão das francesas, eles tinham se encontrado algumas vezes no edifício da Escola Central. O receio de Azevedo — o amigo passou a chamá-lo assim depois daquela noite, como se fosse um código entre eles — era que aquele homem mundano tocasse no assunto, criando algum constrangimento. Ele até tinha imaginado respostas que daria ao amigo. Acompanhara aquela expedição noturna porque não sabia recusar nada. A figura de Rischen, tão cheia de energia, como um motor a vapor, arrastara-o para um lugar onde ele não queria estar. Quando o outro se afastara, indo para a cama com a mulher, conseguiu força para impor sua vontade. No momento em que o encontrara na rua da Conceição, estava sendo abordado, e não o contrário. Para cada possível comentário de Rischen, ele imaginava uma resposta. E assim, durante a manhã do outro dia, ele construiu uma rede de possíveis diálogos, em que mostraria toda a sua segurança.

Não encontrou o amigo no dia seguinte, nem no outro, e, quando eles se cruzaram, nada o acusava no olhar do devasso. Nem sequer percebeu que o outro ainda o chamava de Azevedo, só depois é que entendeu esta mudança e o seu sentido. Ele sabia que o padre era antes de tudo homem. Estavam irmanados pelo desejo.

Foi Rischen quem disse que deviam tentar interessar algum empresário ou o próprio imperador.

— Mas se não consigo fazer nem com que eles vejam a máquina.

— Já pensou em pôr reclame no jornal? Algum elogio para a sua obra?

— A honestidade não me permite isso.

— Honestidade e sucesso não se dão muito bem. Um outro caminho seria convencer o imperador a dar um título de nobreza a você. Tem distribuído tantos baronatos a troco de pequenos favores.

— Só no Pernambuco, na sua viagem, foram vários. Mas eram pessoas de posse. Sou apenas um pobre — ele ia dizer padre, mas mudou na hora a palavra — inventor.

— Não há dúvida de que a sua máquina é o que melhor representa a ciência na exposição.

— Mas o povo não vem aqui para ver ciência, e sim o diferente.

— Se o povo não tem a capacidade de compreender o que significa uma invenção, o júri e os homens mais estudados têm. Vamos tentar arranjar algum padrinho para explicar ao imperador a importância de dar um título a um homem de ciência.

O tom de discurso surgia novamente, para desagrado do padre. Tudo que começava com discurso acabava esquecido ou paralisado. O discurso era um sal que calcinava o solo. Nada nascia onde ele se manifestava.

— Prefereria encontrar algum empresário que fundisse a máquina para mim.

— Este é o segundo passo. Primeiro criar a nomeada. Depois, convencer um capitalista a investir nela.

— Então ela nunca existirá.

— Mas o Império pode patrocinar. Quantos pintores, músicos e escritores viajam com estipêndio para a Europa? Apenas para se viciar na civilização e depois reproduzi-la aqui.

— Nem no Recife nem aqui o imperador levou a máquina a sério.

— É um adepto das novidades.
— Quando elas vêm de fora.
— O caminho mais curto seria interessar a amante dele. A condessa de Barral tem sido o principal ministro do país. E representa a civilização para o amante, pois veio com uma fama conquistada na França. Domina línguas, conhece arte e história.

Quando a conversa chegou ao tema de amantes, padre Azevedo se calou. A questão era delicada para ele. Procurar uma mulher para que ela intercedesse pela máquina tinha algo de pecaminoso, não pelo ato em si, mas por sua simbologia. Não queria ficar conhecido como o padre das mulheres, como um devasso. Havia uma distância muito grande entre as duas coisas, mas não para ele, que sempre se depreciava.

— Eu poderia tentar falar com o barão de Mauá — retomou Rischen.

— Ele é da comissão. E até agora não deu a menor importância à máquina.

— Sua fabricação não daria um retorno imediato.

— E ainda há muita coisa para ser aprimorada nela.

— Mais importante do que fazer é engrandecer o país. Veja o caso de Carlos Gomes. Em breve irá para a Europa, e já tem uma sinecura do imperador.

— A música também é importante.

— Mas qual música? A que mostra a grandeza da pátria dos selvagens?

Os papéis haviam sido alterados e agora Rischen estava com o ânimo murcho. Ao padre cabia acreditar um pouco no seu invento e no país. Era assim a amizade, a amizade e o amor. Ele devia devolver a Rischen o entusiasmo que aos poucos foi sendo corroído por seus argumentos negativos. E nada faz isso mais rapidamente do que o humor.

— E qual título de barão eu usaria?

— Então seria possível negociar isso com a condessa de Barral?
— Não posso continuar fugindo das mulheres — e os dois se olharam maliciosamente.
— Você receberia o título de barão da Máquina.
— Melhor seria barão do Jacarandá, para atender à mania nativista do imperador. Como o senhor sabe, minha máquina é de jacarandá, madeira que se emprega na construção civil, naval e de marcenaria. — Era isso que estava escrito no catálogo da exposição, e os dois amigos então riram.

O coche que os levaria ao encontro saiu às três horas da tarde da Escola Central. Não saberia dizer se era o mesmo condutor da outra vez, mas isso não fazia a menor diferença, pois estar com Rischen já era ressuscitar aquela noite. E agora iam novamente em busca de uma mulher, e se envolveriam em algo em que havia sexo.

O carro chacoalhava muito nas estradas esburacadas, forçando um silêncio que não tinha continuidade no interior dos dois homens. Cada um estudava a situação, escolhia argumentos, imaginava reações, planejando como apresentar o assunto. Com as mulheres o mais difícil era o começo das conversas, e o final delas, poderia dizer alguém mais maldoso. Não seria possível tratar diretamente da questão, dizer por que estavam ali, a razão daquela visita tão custosamente conseguida.

Rischen conhecia uma senhora, em cuja alcova estivera algumas vezes, e que lhe devia favores, e esta era ligada à dama de companhia da outra. Foi esta quem intercedeu por eles.

— Querem se colocar à disposição da senhora — a ama disse à condessa.

— Mas nem sei quem são. O que querem, encurtar caminho?

— Não se trata de encurtar caminho. A senhora é o caminho.

E, com esta lisonja, a condessa de Barral foi convencida. Um elogio para uma mulher inteligente é uma forma de trapaça consentida. Ela tinha domínio total sobre o imperador. A viagem dele à Bahia guardava o motivo secreto de conhecer a terra natal de sua amada. Em cada rua, nos prédios onde esteve e nas pessoas ele evocava a presença dela. Na fala com que encerrou a sessão legislativa da Assembleia Geral, em 11 de setembro de 1859, o imperial senhor disse que o motivo da viagem era verificar os melhoramentos morais e materiais das províncias, uma bandeira nobre, mas ele também queria conhecer o chão primeiro da pessoa a quem tanto se afeiçoara. Desvendar o seu ambiente antes da influência da cultura francesa se confundia com o nacionalismo. Para misturar raízes, participando mais daquela vida admirável, foi visitar a catacumba que ela mandou levantar para o pai e para os seus parentes. E, em cada mulher baiana, o imperador procurou a sua amiga, para acabar encontrando-a numa prima da condessa, dona Maria do Patrocínio de Almeida Junqueira, descrita por ele como a mais bela mulher que ele viu na Bahia. Era uma forma de se aproximar da Barral pela cidade, pela região, por suas parentas. E mesmo quando ele comprou numa feira popular três pucarinhos com pequenos alguidares de barro foi ainda pensando em levar consigo um pouco daquela terra, um pouco da Barral.

O encontro havia sido marcado na Quinta da Boa Vista, num horário em que ele estaria no paço, quando a amante, preceptora de suas filhas, uma espécie de governanta espiritual, se encontrava na casa. O caminho foi longo, mas, ao chegar à região, padre Azevedo ficou encantado. Subiram uma pequena colina e entraram nos jardins. A casa era bonita, e ficava com a face voltada para a cidade. Quando o coche parou no portão, os guardas já estavam inteirados da visita. E os inventores foram escoltados até a entrada principal, passando ao lado do jardim, erguido acima do nível da estrada. Assim que desceram, um empregado veio recebê-los. Os dois homens, ainda sem saber por onde começar a conversa, tantas eram as possibilidades, moveram-se indecisos. Na recepção, viram as escadas do pátio interno, que levavam para os salões superiores do palácio. Mas foram recolhidos a uma sala lateral, no térreo. Não havia ninguém nesta sala e eles se acomodaram nas cadeiras, mas logo uma mulher com feições de coruja se anunciou pelo barulho de seu vestido.

Os dois visitantes se levantaram, enrijecidos. Era aquele o país mais íntimo do imperador. Cumprimentaram-na, beijando falsamente a mão da Barral, que estava de luvas, para se sentarem novamente, a uma boa distância da anfitriã.

— Queríamos agradecer a disponibilidade da senhora.

— Sempre que os assuntos são elevados, eu sacrifico os meus compromissos.

Um começo ruim de conversa. Indicava que teriam pouco tempo. Ela estava no meio de outras tarefas e aceitara gastar uns minutos com eles. O tempo, na política, era sempre restrito. Atender todos celeremente, dar os encaminhamentos. Mesmo o caridoso conde de Irajá agia assim com os miseráveis. Ele também prometera interceder junto ao imperador, mas até agora não arranjara tempo. Ou coragem. O resultado era que estavam ali tirando a condessa de suas obrigações; e teriam que dizer tudo de uma vez.

O folheto sobre o funcionamento da máquina ficara pronto e eles traziam alguns exemplares para que ela distribuísse a políticos, se concordasse em ajudar.

— Sabemos que a senhora é uma grande cultora da escrita — Rischen mentia com grande desenvoltura.

— Escrevo apenas cartas e trabalhos históricos.

— E também são conhecidos, não só aqui na Corte, os seus dons para o ensino.

— Talvez esta seja mesmo a minha vocação.

— Digníssima condessa, o que o abnegado padre que aqui está inventou — e eles olharam para Azevedo, que abaixou os olhos — será de grande utilidade para a escrita e para o ensino.

E então lhe foi entregue o opúsculo com as explicações. Ela o folheou sem maior interesse.

— Uma máquina taquigráfica, eu passei por ela na exposição — ela disse, os olhos parados na capa do caderno impresso.

— Na verdade, uma máquina para escrever.

Ela abriu novamente a publicaçãozinha.

— Não consigo ler os exemplos dados.

— Para maior rapidez na hora de captar os discursos, está escrito em código. Mas é possível construir um mecanismo com mais teclas — Azevedo explicou.

Ele gostaria de sair dali e deixar o amigo sozinho com a mulher. Mas isto era impossível. Não estavam numa visita noturna às francesas, e sim diante de uma grande dama.

— E por que não se faz o aumento do teclado? — ela perguntou.

— É esta a finalidade de nossa conversa. Tudo tem sido muito difícil para o padre — ele ficou encabulado ao ouvir isso. — Em Pernambuco, de onde ele vem, encontrou pouca ajuda, o que o impede de aprimorar o invento. E aqui na Corte não há meios de fundir em ferro a máquina.

— A exposição mandará os melhores produtos a Londres.

— Mas o padre precisaria ir junto para concluir o invento e fazer a fundição.

— Temos fundições aqui.

— Não para este tipo delicado de máquina.

— Enfim, trata-se de conseguir uma sinecura — ela disse.
Esta palavra, jogada como uma pedra, espatifou-se no ladrilho e atingiu os visitantes. Estavam ali como dois pedintes.

— Sim, uma sinecura para a ciência, ainda tão sem espaço no Império — a resposta de Rischen neutralizava a acusação.

— O imperador conhece a máquina, se ele se dignasse interceder por ela — completou Azevedo — poderíamos resolver o problema da escrita mecânica. Vários países já tentaram, sem sucesso. E acredito que até agora foi o Brasil que chegou mais perto.

— E com esta invenção cada artista que escreve se transformará em um operário? — perguntou a condessa, com ironia.

— Não se perderá tempo aprendendo caligrafia ou usando penas e tinteiros que mais borram o papel do que qualquer outra coisa.

Ao pronunciar tal frase, Rischen estava concluindo a conversa. A condessa também não queria perder tempo; ergueu-se, prometendo falar com o imperador.

Na viagem de volta, que foi lenta e cheia de poeira, pois ventava muito naquele final de tarde, eles começaram a ver a possibilidade de Azevedo receber um estipêndio imperial. Rischen seria o seu empresário, pois alguém precisava cuidar das coisas práticas.

— Tudo vai depender de como os dois estão na alcova — brincou Rischen.

— Pelo jeito, na política a alcova é mais importante do que a tribuna.

— Não só na política.

E olhando para fora os dois viram um cavalo sozinho no pasto.

Não há indústria mais necessária para o país, pensava dom Pedro, do que a de beneficiamento de madeira. Nossas madeiras, tanto pela variedade quanto pela qualidade, se sobrepõem às de outros países. Se nosso próprio nome vem de uma madeira, são as árvores o que melhor nos representam. Do Pará, chegara para a exposição uma estante com cento e quarenta e dois tipos delas, todas disponíveis em nossas matas. É uma riqueza que necessita dos processos industriais, salvando-nos do primitivismo sertanejo e silvícola.

O imperador havia lido os relatórios encaminhados pelo poeta Antônio Gonçalves Dias sobre os produtos naturais da província do Amazonas, e uma das coisas que lhe chamaram a atenção era o desperdício. Poucas são as serrarias a vapor que podem aproveitar melhor esta riqueza. E, quando o processo é manual, e não tendo mercado, a perda é muito grande.

O relatório apresenta uma prática natural naquelas paragens. Extrai-se uma árvore para atender a uma necessidade mínima: para trocar uma tábua da casa ou a peça de uma embarcação, ou mesmo para fazer uma improvisada canoa de tronco e apenas cruzar um rio, abandonando-a depois. Assim, cortam uma árvore centenária e majestosa para tirar uma ou duas falcas. Em muitos casos, a madeira lasca, e outra árvore tem que ser derrubada. O machado, pequeno e movido por mão humana, desperdiça mais do que as serrarias; já estas animam a construção naval e civil, a marcenaria e a carvoaria.

Tais relatos despertaram o imperador para a necessidade de incentivar a instalação de serrarias. E ele passou a valorizá-las nas suas viagens. E foi pensando neste relatório que esteve em Barra do Piraí, visitando o estabelecimento de um tal Viana, português que explorava as madeiras. Instalara recentemente uma serra vertical, muito potente, que pode cortar cinco tábuas de uma vez, no comprimento de vinte e dois palmos. O cheiro da madeira ainda úmida sendo aberta pela serra, o pó fino tomando conta do ar. Dom Pedro gostava de sentir esses cheiros, que lembravam mobília nova, mas a mobília vinha com outros odores, como o da cera. Somente numa serraria, enquanto o tronco estava sendo beneficiado, era possível experimentar a força das resinas. Pelo pátio, havia muitos troncos, alguns da altura de um homem, aguardando a vez de sofrer a metamorfose. Ali, tombados sobre o solo cheio de mato, com maracujás crescendo sobre eles, os troncos pareciam cadáveres enfeitados. Eram os despojos da mata. Os gigantes da selva. Alguns anos depois, quando o imperador fosse para os campos de combate da Guerra do Paraguai, ele se lembraria da imagem desses troncos como soldados caídos em solo inimigo. Mas, agora, vendo o estado horizontal daquelas árvores altas, que tanto alegravam a paisagem tropical, ele pensava que a selva era a maior riqueza do Império. Não propriamente a selva, mas o solo. O solo do qual se erguiam aqueles espécimes. Mas só isso não garantia riquezas, precisava do concurso da inteligência. Os valores do homem se sobrepunham aos valores da terra. Por meio deles, o que antes era natureza se fazia civilização.

E ele ficou ouvindo o grito da serra contra a madeira rija. Havia sido convidado para acompanhar o corte de uma sapucaia gigante de um dos engenhos da região, com sua copa frondosa, e que fora abatida por seu proprietário para que uma de suas tábuas, a melhor que se tirasse dela, fosse enviada a Londres. A serra continuava seu trabalho, o perfume naquela manhã de começo de verão despertava muita vontade de viver. Não se mata uma árvore quando se pode usá-la para outros fins. Era um renascimento o que presenciara.

Quando o corte foi finalizado, Viana escolheu a melhor prancha, sem defeitos. O imperador se aproximou, passou a mão na madeira, tirando a camada fina de pó, e contemplou a beleza dos veios e o vermelho vivo do cerne. Causaria uma bela impressão, pelo tamanho, pela qualidade do corte, pelo valor da madeira e também por seu odor.

Seguindo em sua caleça, de volta para a Corte, dom Pedro contemplava uma paisagem de plantações.

Achei que ninguém tivesse percebido meu constrangimento naquela manhã. Éramos apenas homens, e estávamos ali a trabalho, conhecendo um dos estabelecimentos comerciais mais avançados da Corte, a loja de instrumentos ópticos, matemáticos, de agrimensura, físicos, astronômicos, de marinha, fantasmagoria, eletricidade e acústico. O dono, José Maria Reis, queria a todo custo vender um telescópio de má qualidade para o Observatório Nacional. Ele falava das qualidades da lente, mas o dr. Antônio Manuel de Melo o interrompia a todo momento, dizendo que não se interessava por aquele aparelho, precisava de algo com mais qualidade.

— São lentes vindas da Europa. Até os vidros dos óculos vêm da Europa — argumentava Reis.

Quando sabem que quem vai pagar é o Império, empurram os piores produtos; por isso nada funciona a contento. A visita não era de negócios, queria apenas matar minha curiosidade, passar algum tempo em meio a tantos aparelhos, como se estivesse em um gabinete de ciências. Outras lojas como esta deviam ser abertas na

Corte e nas províncias mais avançadas, criando familiaridade com os maquinismos.

Mexendo em uma das vidraças de produtos, vi totalmente expostas várias lâminas de vidro com fotografias obscenas para os estereoscópios. Virei-me rapidamente, para que não se percebesse que eu descobrira uma das fontes de renda da casa de Reis. Ao menos, deveria ocultar tal produto. Ele havia me prometido uma estatística da venda de óculos na Corte. Era um mercado novo. Eu o lembrei disso, e ele prometeu que em breve eu teria as informações. Assim, pensava que o meu susto passara despercebido ao dono da loja da rua do Hospício. Conversamos mais um pouco, Melo insistia com ele que aquele telescópio não servia para o observatório e esta discussão, que antes me enfadava, era agora motivo de tranquilidade por ocultar minha descoberta. Reis era então um devasso? Ou apenas não tinha escrúpulos e explorava a devassidão das pessoas? Já não bastavam as tantas francesas fazendo fortunas em hotéis e casas usadas para fins obscenos, além do mulherio local, e também das negras que se alugavam por quase nada? Agora essas fotografias para serem apreciadas nos aparelhos. Alguém teria que falar para ele esconder um pouco o produto.

Fiquei aliviado quando saímos da loja rumo à próxima visita. Dias depois, quando tinha me esquecido totalmente do incidente, recebi da mordomia um material mandado pela loja de Reis. Imaginei tratar-se dos números que eu solicitara. O aumento da população com óculos indicaria um progresso para o país. Quando vi a caixa, estranhei, intuindo algum constrangimento. Pedi para que deixassem no gabinete. À noite, quando lia algumas páginas de meus clássicos, e estando completamente sozinho, abri a caixa. Lá estava um estereoscópio e várias fotos de mulheres nuas. Fechei tudo na hora e pensei no desaforo daquele presente. Era um desabusado esse Reis. Mandaria devolver o aparelho na manhã seguinte. E solicitaria alguma punição para ele.

Não dormi bem aquela noite, culpando o jantar. A Barral me alertou que eu estava ganhando peso. Teria que comer melhor e menos. Não me levantei à noite, mas me mexi muito na cama. Era bem cedo quando me ergui e fui direto ao gabinete, trancando a porta. Lá estava a caixa, com o aparelho e as fotos. Poderia jogar tudo pela janela e ninguém reconheceria as imagens nos vidros estilhaçados. Arrumei o aparelho na mesa e comecei a ver tudo.

Mínima a viagem entre os olhos fixos nas lentes e a mão direita em meu centro. Mulheres tão brancas, os seios descobertos, os ventres redondos e lisos. Mulheres. Todas tão parecidas e tão diferentes. Por isso desejamos sempre mais de uma. Eu passava de uma foto para outra. Nunca tivera mulheres assim. Não podia simplesmente ir a uma das pensões. Por mais dinheiro que tivesse, elas estavam fora de meu alcance. Contentava-me com as que frequentavam a minha vida doméstica. Mas queria outras, queria desconhecidas. Queria cada uma dessas mulheres das fotos, mas todas em uma só. O seio farto desta, com os mamilos mínimos. As coxas redondas como toras de madeira da seguinte. O sorriso de dentes largos dessa outra. Os olhos de animalzinho tímido desta aqui. As muitas mulheres iam se reunindo na imagem de uma Eva. Minha Eva de vidro, vista pelas lentes do estereoscópio, ressuscitada pela luz natural que entrava pelo aparelho. Eram vinte fotografias, e todas olhavam para mim, apenas para mim. Elas que me espiavam de dentro do aparelho. Eu me deixava olhar. Eu podia tirar a roupa para elas. Elas me tocariam com aquelas mãos pequenas. Aquelas mãos sábias. Há uma sabedoria tátil. Elas me tocavam com as mãos. Elas me tocavam. Elas...

Pronto. Posso agora jogar tudo fora. É o que farei imediatamente.

As pernas trêmulas me obrigaram a descansar um pouco. Teria que disfarçar o acidente. Fiquei olhando os livros na estante. Depois guardei atrás dela, num nicho secreto, o estereoscópio e as *fotos. Que minhas filhas nunca descubram. É preciso mandar devolver a Reis a sua máquina.*

Umas semanas depois, e já tendo decorado todas as formas das mulheres de vidro, recebi aqui na Quinta da Boa Vista o dr. Melo. Ele me disse que Reis queria uma resposta sobre a compra do telescópio. Perguntei a opinião dele, diretor do observatório. O aparelho era adequado às necessidades, embora não fosse o melhor. Em seus olhos, identifiquei alguma malícia.

— Então compre — falei.

Dias depois, um novo conjunto de fotos me chegou por um mensageiro especial. Reis nunca me enviou a estatística de venda de óculos.

Sumiço da cabrita

Desapareceu no dia 9 do corrente, do morro do Nheco, nº 5, uma cabrita pequena, cor escura, com uma linda linha preta sobre o lombo. Quem a encontrou e queira levar à casa mencionada será gratificado. Faz-se este anúncio pela grande estimação em que se tem o animal.

Diário do Rio de Janeiro, 15 de janeiro de 1861.

Madeiras

Tem a importância de uma data histórica este 6 de fevereiro de 1862. Políticos e curiosos se reúnem no cais Pharoux para ver a partida do paquete com os produtos selecionados para a Grande Exposição de Londres. Três bandas tocam o Hino Nacional, e todos no cais ouvem os discursos. O navio levará o país inteiro.

A comissão demorara para fazer a escolha dos objetos mais representativos e pela primeira vez estaríamos dizendo a outros povos, ao mundo todo, quem somos, e dizer isso é sempre temeroso quando somos tantas coisas ao mesmo tempo. Ainda estamos aprendendo a nos ver, e neste espelho, o espelho das nossas habilidades e riquezas, difícil é distinguir o que é apenas vaidade daquilo com valor. A comissão tinha feito um trabalho delicado, esperanças foram frustradas, mas agora tínhamos um conjunto de imagens que se confundia com o país. Muitos negócios surgiriam em Londres; melhor do que isso, no entanto, era a imagem do Brasil, selvagem e pujante, que se tornaria conhecida.

Discursos. Palavras próprias para ocasiões convencionais. Um político é sempre um homem que maneja uma linguagem sem sabor, dominando a arte de falar o que os outros querem ouvir. Enquanto o visconde de Barbacena, da comissão especial para seleção dos objetos, dizia tais coisas no cais, algumas pessoas se emocionavam, como se elas estivessem viajando a Londres. Mesmo quem tivera selecionado um produto simples, como as panelas de pedra-sabão feitas em Minas Gerais, e expostas por Mariano Procópio Ferreira Lage, via-se a caminho da civilização.

O sr. Mariano, ouvindo o discurso, sentiu o coração disparar. A técnica de fazer panelas de pedra enfim chegaria a pessoas refinadas. Pena que não se pudesse preparar lá um frango com quiabo, pois é para essa culinária que elas existem. O Brasil cabia naquelas vasilhas. Ele se sentia prestando um grande serviço ao Império. Quantas gerações não haviam aprimorado as panelas? Vinham da época do descobrimento do Brasil.

Embora quase tudo tivesse sido embalado com antecedência, alguns caixotes não foram totalmente fechados, e Barbacena retirou os retratos fotográficos da família imperial, feitos por Joaquim Insley Pacheco, e o retrato de sua majestade a imperatriz do Brasil, feito a pena pelo professor Mariano José de Almeida, expondo-os à pequena multidão que acorrera ao cais, naquele momento imorredouro. Ele lembrou que era graças ao imperial senhor e sua família, tão bem representados nessas obras de grande arte e ciência, o desenho e o retrato fotográfico, que o Brasil conseguiria ombrear-se com as principais nações do mundo. Um imperador ilustrado, um homem de grande visão, que incentiva todas as artes, o ensino e a indústria. E ouviram-se palmas e alguém que gritava a toda hora: muito bem!

Fecharam-se os últimos caixotes e, como se estivessem enterrando um morto que ressuscitaria daí a alguns dias, em outro mundo, encerrou-se o lançamento em mar não de um navio, mas de um país, que faria o caminho de volta ao continente europeu. Aquela era uma viagem de descobrimento.

Com a saída da comissão, muitas pessoas também se foram. Umas ainda ficaram ali conversando. Um senhor falava a um amigo, mas falava com voz tão alta que podia ser ouvido a distância.

— E saber que, na Exposição Universal, as pessoas vão poder escrever com um produto nosso.

Padre Azevedo se encontrava num canto, olhando o mar, e se virou para o homem.

— Não há nada melhor do que os nossos produtos.

O interlocutor apenas concordava, balançando a cabeça. O que mais ele poderia fazer? Não vivíamos num país do diálogo, da alternância de vozes, mas no do monólogo, onde os que falam muito não admitem interrupções, menos ainda reparos. Via-se que o outro homem queria se livrar de quem enaltecia a pátria.

No dia 17 de janeiro, depois do final da exposição, dom Pedro se irritara com o fato de ainda não existir a lista dos objetos, o que só ocorreria na sua próxima visita, no dia 29, quando aprovou o trabalho, elogiando muito a coleção de essências extraídas de frutos brasileiros, organizada pelo farmacêutico Theodoro Peckolt.

Como ainda esperava a honraria — a sua máquina de escrever ganhara a medalha de ouro —, Azevedo aguardava o dia da entrega, marcada para 14 de março. Por isso fora ao cais, para se despedir de tudo. E agora ouvia esta conversa sobre a escrita. Aproximou-se do homem e o reconheceu como um dos expositores, mas não se lembrava de seu produto.

— A escrita só aumenta no mundo todo — ele dizia agora. — Ter mais escolas significa mais escrita. Mais comércio, mais escrita. Mais amores, traições, mais escritas. O homem é um ser que escreve.

Ele falava como Rischen, com a mesma exaltação. E Azevedo sabia como acabam estes exageros. Depois da exposição,

Rischen desaparecera sem se despedir. Tinha explicado vagamente que precisava cuidar de negócios em uma de suas fazendas. E que ficara muito tempo na Corte e não poderia acompanhar a entrega das medalhas, embora ele próprio tivesse sido premiado, mas que ainda jantariam em algum lugar especial. Foi a última vez que se viram. Ele talvez estivesse sabendo o que o padre só descobriria depois.

As pessoas que falam com muito entusiasmo sobre uma coisa logo se interessam por outra, e o padre era homem de ideias recorrentes e de silêncios. A sua humildade e um pouco de desejo de sofrer o levaram até ali. E agora a conversa sobre a escrita. Não entendia a razão.

— O Brasil ganhará muito com a escrita. Seremos líderes neste ramo.

— O senhor sabe disso melhor do que ninguém — disse o interlocutor.

— É preciso apenas aumentar nossas indústrias.

O padre o interrompeu.

— Desculpe-me, mas do que o senhor está falando?

— Do mercado que a escrita vai abrir.

— Sim, mas como o país lucrará com isso?

— Ah, agora reconheço o senhor. O padre inventor.

— O senhor também estava expondo.

— Pois falávamos sobre isso. Meu nome é Oliveira Júnior, criei uma tinta de escrever, feita somente de vegetais do Brasil. Foi selecionada para Londres. E um agente lá na Inglaterra vai tentar vender a fórmula. Logo teremos algum capitalista produzindo tinta aqui.

— Espero que tenha sucesso — concluiu o padre, já saindo.

— Terei — disse o outro.

Azevedo seguiu a pé para o morro da Conceição, onde estava, desde o fim da exposição, dando aulas de primeiras letras a crianças pobres. O conde de Irajá o encorajara a fazer isso, para se ocupar nos dias de espera. Teria aula na parte da tarde e ainda queria fazer um passeio pelo centro. Não almoçaria, mas tomaria uma caneca de caldo de cana e comeria um doce. Ele olhou ainda uma vez para o paquete, já prestes a sair. A sua máquina não estava lá. Com o fim da exposição, ele a levara para o palácio do Bispo e a guardava em seu quarto. Cansara-se tanto dela que a cobrira com um lençol. Voltariam juntos para o Recife.

Alegando falta de espaço, a comissão não a escolheu. Ser recusado não foi privilégio de sua invenção. Apenas duas máquinas seguiram para Londres, um cilindro de ferro fundido, com tampo e haste de ferro batido, para máquinas a vapor de baixa pressão, e a moenda de ferro para cana, movida a vapor ou a qualquer outro motor, fabricada pela companhia Ponta da Areia, de propriedade do barão de Mauá, um dos membros da comissão geral da exposição. E mesmo destas só foram enviadas estampas fotográficas, pelo pouco espaço na Exposição Universal para os produtos brasileiros. Mas algumas ferramentas de motor humano seguiram no navio: cavadeira, machados, foices, sachos e enxadas. E mais de trezentas amostras de madeiras, um conjunto delas também de Mauá. Eis o Brasil. O imperador não se cansava de dizer que os navios feitos com nossas madeiras duravam o dobro, pois o clima dos trópicos endurece os cernes.

Depois de esperar vários dias, e de ter pedido ajuda também ao bispo, Azevedo soube que não haveria interesse pela máquina. Se nem mesmo os jornalistas viram utilidade nela, o que esperar de outras pessoas?

Ele voltaria para casa, no mês seguinte, com uma medalha de ouro, que tinha no anverso a legenda: "Dom Pedro II, imperador do Brasil", com a cabeça do soberano à esquerda; e, no reverso, a inscrição em linhas horizontais: "Prêmio conferido na

Exposição Nacional de 1861". Decorara estas palavras. Com esta medalha ele não conseguiria nem pagar o carroceiro.

— O que vai aí dentro? — perguntou o carroceiro.

— Madeira — o padre respondeu.

O homem não deve ter entendido porque alguém ficaria carregando aquilo de uma província a outra. Em todas elas, havia muita madeira.

Uma sensação de que não voltaria mais ali o deixou com vontade de conhecer melhor a cidade. Não gostava de viajar; tinha seus alunos, a oficina com os muitos projetos, a família, as irmãs, com quem se encontrava diariamente, e também Benedita e a filha. Estava com saudades da negra forra que cuidava de sua casa. Não a via desde novembro e então sentiu uma imensa vontade de estar no cais de Ramos, e encher as narinas com o podre vindo do rio Capibaribe, as suas cheias e baixas, os caranguejos saindo da lama quando a maré baixava. Ele se sentia um pouco como aqueles caranguejos ariscos, passando a maior parte do tempo submersos ou escondidos no solo, para pequenas corridas no chão quando não havia água.

A saudade de Benedita só podia ser diminuída ao se encontrar com outras mulheres. Mas ele não era um homem de mulheres, e procurá-las, mesmo para uma conversa, significava sofrimento, a voz lhe fugia na hora da abordagem, e o que era para ser prazer se fazia sacrifício. Azevedo tinha esta capacidade de criar distância entre as pessoas. Não era culpa delas se não havia um encontro verdadeiro, se sempre acabava sozinho mesmo nas relações com aqueles que mais amava, pois sofria da incapacidade de se fazer necessário. Ele queria uma mulher naquele momento. Não se tratava apenas de desejo, isso era uma coisa que podia ser solucionada rapidamente, do que precisava mesmo era de alguém com quem conversar. Embora padre, e talvez por isso, necessitava da presença de uma mulher. Conversar sobre o cotidiano, ouvir os comentários de quem foi ao mercado comprar mantimentos, ou as queixas da briga com uma vizinha, tudo isso, os pequenos acontecimentos domésticos, lhe fazia agora uma falta terrível.

Mais do que em outros momentos, ele via uma mulher em sua máquina. Quando ainda existia a chance de a casa imperial adotar o seu invento, até pensou em chamá-la de Isabel, em homenagem à princesa. Uma máquina de escrever devia ter nome feminino, porque escrever, fora das profissões que dependiam disso, era coisa de mulher. E o formato lembrando um piano reforçava isso. Talvez tenha sido esta uma das razões de sua recusa, os poucos inventos escolhidos pertenciam ao mundo dos homens, eram instrumentos de trabalho, e o dele lembrava as futilidades femininas. O país necessitava de máquinas másculas.

Era justo que chamasse a máquina de Benedita, destinada à intimidade da casa, esquecida na existência oculta de uma empregada que ele, por conta própria, nas horas de descanso, ensinara a ler. Talvez sua vocação maior fosse mesmo a de professor. Quando ela começara a trabalhar com ele, depois de comprá-la em um leilão e logo alforriá-la e contratá-la, gastara várias noites, à luz de velas, apresentando-lhe as palavras. Ensinar um adulto a ler é sempre um desafio. Nas primeiras aulas, quando tentava mostrar a formação de sílabas, quase desanimara. Ela se sentia envergonhada de estar ali entoando — a expressão era dela — cantigas de ninar. Não aprenderia nunca se tivesse que soletrar em voz alta aquelas sílabas tontas. Ele estava para desistir quando mudou o método. Ensinaria a palavra inteira. E começou pelas palavras do mundo dela. Janela. Ele gostava de ficar na janela, no final da tarde, quando as pessoas passavam pela rua Larga do Rosário, eles ainda moravam lá, ao lado da igreja dos negros. E

Benedita se debruçava no parapeito, olhando o movimento. Ela repetiu numa lousa a palavra janela. Depois aprendeu a escrever panela. Em seguida chinela. Palavra por palavra, como se reconstruísse pela linguagem a casa, os móveis, os utensílios. Pela manhã, antes de sair, ele deixava algo na lousa. Ela lia e, na hora do jantar, eles conversavam sobre o seu significado, e quais outras palavras aquela lhe lembrava, e as que surgiam podiam ter sílabas parecidas com aquela que ficara grafada mas podiam apenas remeter a outras, por associações afetivas, e Benedita não sabia como escrevê-la mas logo estaria vendo-a na parede, pois o padre passou a encher as paredes, caiadas de branco, com palavras riscadas com o carvão da cozinha. A casa era o próprio dicionário, cada cômodo uma seção, mas ainda demoraria muito para que as palavras começassem a ser escritas no quarto de dormir de Francisco João de Azevedo. Só depois de ter formado este dicionário para ela é que ele apresentou uma matéria de jornal sobre as festas da cidade, assunto que Benedita tanto apreciava, e pediu para ela ler apenas as palavras que conhecia, esquecendo as outras, e ela fez esta leitura pulada e compreendeu vagamente o artigo. Grifaram então as palavras desconhecidas, os elementos conectivos, os artigos, e ele separou a matéria de jornal por frase, apresentando a função de cada um dos seus termos. Fez isso com vários trechos do jornal, durante mais de um ano, até chegar ao primeiro poema, de um escritor romântico, que a emocionou muito. Depois da nova aprendizagem seria impossível não compreender uma canção de amor.

 Acontecia de ele estar trabalhando, preparando uma aula sob a árvore no quintal dos fundos, numa cadeira posta à sombra de uma pequena sapucaia, lugar em que ele se sentia melhor, porque povoado de pássaros, sons das casas vizinhas e luz tropical, e Benedita o interromper para perguntar como se escrevia tal coisa, e ele então riscava o chão, no gesto ancestral de padre Anchieta escrevendo na praia, o vocábulo que ela ansiava dominar. Por muito tempo, o chão do quintal foi o caderno de Benedita. Com uma vara longa, para não precisar se agachar, ou com um pauzinho quando queria uma maior proximidade com a escrita, ela ia copiando a palavra várias vezes, soletrando-a. Aprendeu a ler e a escrever com este método, e em poucos anos estava com os jornais nas mãos, suando pelo grande esforço que era entender aquele amontoado de palavras mal impressas, o que tornava a leitura ainda mais difícil. Lia os jornais e os livros ou o que fora escrito pelo patrão, mas tinha dificuldade para ler os manuscritos e escrevia com mais dificuldade ainda, a pena tremia entre os dedos acostumados a segurar tudo — a vassoura, a faca, a enxada etc. — com muita força. Não entendia que a pena era leve, e exigia suavidade. Benedita merecia que seu nome, e não o da princesa Isabel, batizasse a máquina. Ela acompanhara as longas horas de trabalho e de meditação do padre, e dia a dia era informada dos avanços, dos problemas, do que dera certo ou errado, e leu as primeiras tiras de papel impressas nela, sem entender nada, embora o padre lhe explicasse o sentido de cada um daqueles códigos.

— Ainda sou analfabeta para essa outra escrita — ela disse.

E foi quando o padre entendeu que precisava melhorar a sua máquina. Mas não havia tempo para isso agora, a Exposição Nacional estava para acontecer, era com aquele modelo que ele concorreria, e conseguiria então dinheiro para modificar o invento, para que pudesse escrever o que qualquer pessoa alfabetizada quisesse. Não era apenas um aparelho para registrar discursos; era uma máquina de escrita fácil e leve. E serviria a todos, até mesmo a uma ex-escrava que chegara às palavras por amor a seu patrão.

Ele tinha ainda algum dinheiro do que recebera no Recife para a viagem. Tudo fora motivado pela máquina, era dela aquele saldo. E ela merecia algum presente. Não tendo ele gasto quase nada nesses meses de habitação gratuita no morro da Conceição, havia agora uma despesa a fazer.

O dinheiro da exposição — quase cinquenta mil pessoas pagaram ingressos — não ganhara um destino. Alguns queriam que fosse usado para comprar os produtos dos operários que, sem meios próprios, tinham se sacrificado para participar da festa. Até era correta a ideia de comprar esses produtos, mas o que seria comprado? Chapéus? Animais empalhados? Redes? Compotas de legumes? Peças de crochê? Uma ou outra ferramenta? E fazer o que com isso? Esta ideia não vingaria e o dinheiro teria que ser usado para outros fins.

Um grupo queria a construção de um prédio que fosse o palácio da indústria. O dinheiro não dava para isso, mas poderia ser o começo e em pouco tempo haveria um lugar próprio para as exposições. Era um projeto para uma década no mínimo, o que desencorajaria os políticos que queriam tudo para um hoje inadiável. Também surgiu a ideia de fazer um museu com os objetos mais curiosos, que pudessem ser visitados e instruir o público. Não seria muito difícil organizar um espaço assim, embora boa parte das peças já tivesse sido retirada.

Ninguém pensou em usar o dinheiro dos ingressos para patrocinar a única máquina nascida da inteligência nacional, e que precisava de mais investimentos. Padre Azevedo, nas suas caminhadas, enquanto esperava a entrega da medalha, que receberia das mãos do imperador, sonhava que talvez pudesse ficar com o que foi arrecadado. Não teria coragem para sugerir isso, mas não deixava de contar com esta oferta, já que dom Pedro se recusara a ajudar o padre, como lhe informaram pela Barral, o Império estava suspendendo todas as sinecuras, era um momento delicado da política, a oposição não se cansava de criticar as liberalidades do imperador. Mas aquele dinheiro pertencia a todos os expositores e podia ser usado no desenvolvimento da máquina, sendo suficiente até para fundi-la fora do país.

No dia da entrega dos prêmios, tudo que ele recebeu foi um diploma e a medalha, o imperador não manifestou mais do que umas palavras de incentivo, como se não soubesse do desejo de levar a máquina a Londres.

Azevedo recebeu o prêmio e ficou esperando vagamente a oferta do dinheiro das entradas, que não seria usado para nenhuma obra, muito menos para a máquina, retornaria aos cofres do país para ressarcir parte das despesas. Esta fora sua última ilusão na Corte, mas não tivera coragem de comentar com ninguém, nem com dom Manoel do Monte. A máquina era tão órfã quanto ele. A orfandade era algo se espalhando ao seu redor.

Mas havia o dinheiro que trouxera do Recife. E queria gastá-lo com a máquina. Na tarde que antecederia a sua volta, e estando tudo já arranjado, ele saiu a pé pela cidade. Desceu a rua do Ouvidor, estudando as lojas. Pensou em entrar na Confeitaria Carceler e aproveitar as delícias que eram servidas aos ricos. Ao menos uma tarde, poder viver como os que têm dinheiro. Talvez até encontrasse uma mulher com quem conversar, e eles passariam por duas pessoas comuns, um casal num passeio de fim de tarde. Mas não foi para a confeitaria, nem gostava muito de doces, e estava bem alimentado do almoço rústico do bispo. Chegou ao Hotel da Europa, onde poderia ter se instalado se tivesse posses. Muitos expositores se hospedaram ali, mas todos já tinham ido embora, voltando aos seus trabalhos, e era o que ele mais queria agora, retomar a rotina. É a rotina que faz os inventores. O hábito de pensar sem interrupções nos projetos. A máquina não tivera o destino que se esperava para ela, ou menos que ele esperava para ela, mas ela continuava existindo, e precisava ser melhorada, e ele ainda tinha forças para isso, não a abandonaria como se o deles fosse um caso acontecido numa viagem. Viera acompanhado e voltaria acompanhado.

Viu uma bela senhora saindo da loja do cabeleireiro Charles Guignard. Gostaria de ser o marido dela. Sentir os cachos daqueles cabelos loiros em suas mãos, a maciez deles contra o seu rosto, uma alegria de deitar-se ao lado de uma mulher assim. Entrou então em uma loja de tecidos, e viu muitas peças expostas.

Não deveria ser usual um homem sozinho, ao menos com roupas tão descuidadas, frequentar aquele tipo de comércio. A senhora o atendeu com algum descaso. Ele explicou que queria seda para o vestido de uma amiga; ela perguntou que tipo de tecido, ele explicou que não sabia, mas se ela fosse mostrando os disponíveis ele poderia identificar qual ficaria melhor nela. E madame deixou escapar um riso de malícia, pois ali estava um homem que conhecia tanto o corpo da amada que era capaz de saber qual tecido combinaria ou não com ela.

Ela sabia que aquele homem não tinha dinheiro, não seria capaz de sustentar uma mulher elegante. Então mostrou os tecidos mais baratos e Azevedo — ele mesmo agora se pensava apenas como Azevedo, retirando o peso do sacerdócio — não se encantara com nenhum deles. Na vidraça principal, e tinha sido o que o atraíra à loja, estava um tecido azul. Ele se aproximou, enquanto a mulher permaneceu parada, e tocou o tecido, uma seda macia, e disse:

— Este ficará perfeito nela.

A dona da loja, que tinha ao seu lado uma empregada, apenas olhou para a outra, que disse o preço da peça. Era altíssimo, mas Azevedo, fazendo rapidamente a conta de quanto lhe sobraria para a viagem, o mínimo, disse que levaria.

E, antes que as duas pudessem fazer qualquer movimento ou dizer qualquer palavra que estragasse aquele instante em que a mulher amada se vestia com aquela seda, ele tirou o dinheiro do bolso e o contou até fechar o valor, entregando a quantia para madame. Depois pediu para que ela, e não a empregada, acomodasse o tecido em uma caixa, pois fariam uma viagem. E do jeito que ele falava era como se a mulher a quem a partir de agora pertencia o tecido fosse viajar com ele. Madame apenas olhou de novo para a empregada, e ela foi retirar a seda da vitrine. Azevedo, observando tudo atentamente, disse: cuidado! Ao lado da empregada, ele acompanhou o ato de dobrar a seda, e, fingindo ajudar nesta tarefa, vez ou outra a tocava como se fosse a pele de uma mulher.

— É seda importada — disse madame.

— Eu sei — ele disse.

A caixa foi fechada, recebeu um laço com uma fita também de seda, e ele saiu na rua com aquele embrulho grande, em todo diferente do embrulho em que levaria de volta as suas roupas. Andou pelo centro mais algum tempo a ver vitrines. Diria, a quem perguntasse, que era tecido para o vestido da irmã, mas aquele presente tinha uma dona especial — a máquina. Para a mulher que naquele momento doara seu nome à máquina.

Não queria voltar imediatamente para o palácio, era a sua última tarde no Rio de Janeiro, e não estava partindo para Londres e sim para as ruas do Recife, para sua vida de professor e padre, e gostaria de levar consigo algumas imagens da Corte. Nada tinha dado certo, embora ele não soubesse exatamente o que era dar certo. E para que dar certo? A cidade estava ali. Não a veria novamente, e esta certeza enchia a sua alma de júbilo. Deveria ser o contrário, pois esperara tanto da exposição e tudo acabara como sempre em sua vida. Mas o que ele queria comemorar era o fim; o fim de uma ilusão, por mais terrível que seja, é sempre agradável. O Rio morria para ele. Londres também. Não havia um caminho para Londres, ele só podia ir para onde os seus pés o levavam. As solas de suas botinas tinham ficado gastas nestas semanas, mas ainda resistiriam a mais um passeio.

Continuaria olhando vitrines, agora com aquele embrulho nas mãos, imaginando como seria o vestido que encomendaria a uma modista do Recife, seguindo os modelos que ele encontrara nas lojas da Corte e no corpo das senhoras elegantes. Seria um vestido com saia-balão e com grandes babados, gola de cambraia com pontas bordadas dobrando sobre os ombros.

E ele passou pela Livraria Garnier, com os escritores e políticos de sempre. Não sabiam eles da alegria de Azevedo, que se despedia da cidade. Ao pensar nisso, fez outro raciocínio. Vinha se despedindo da cidade desde que chegara. Como não ficaria na Corte, em cada coisa que olhava ele já ensaiava um adeus.

Em vários pontos, formavam-se pequenos blocos de homens bem vestidos. Ele não se sentia atraído a participar de nenhum deles. Se morasse ali, continuaria preso à sua casa, à oficina, às aulas. Há pessoas que já nascem numa cela. É possível mudá-las de cela, mas jamais livrá-las do aprisionamento. Só estava apreciando a cidade porque não pertencia a ela.

Seguiu de longe duas senhoras com suas sombrinhas, pois mesmo o sol fraco da tarde poderia queimá-las. O sol ameno. A brisa. Um cheiro de café na rua. E de charutos. Retalhos de conversas vindos de vários pontos. O conforto de ter um embrulho na mão e saber que sua viagem, no dia seguinte, estava certa. Rever o Recife. As suas ferramentas. Voltar a ser o professor Francisco João de Azevedo.

Parou para contemplar as máquinas de costura da J. M. Singer no número 117. A sua máquina de escrever se parecia mais com elas do que com um piano. E ali estavam expostas aquelas máquinas tal como a dele um dia talvez pudesse ter estado. O tecido que ele comprava ansiava por aquelas máquinas Singer.

Teve vontade de entrar na loja e experimentar uma delas, mas para quê? Ele se afastou com esta tristeza. Andou com os olhos no calçamento e quando os ergueu viu uma aglomeração mais tumultuosa do que o normal, com variados tons de pele e de roupa. Devia ser alguma apresentação. Um músico popular. Ou um mágico de rua. Mas poderia ser também algum capoeira. As brigas não lhe interessavam.

Mesmo assim, seguiu para o local, na esquina da rua do Ourives. O ajuntamento crescia. Aumentava o burburinho. Talvez presenciasse algum discurso. Quando pôde ver o que acontecia, distinguiu um homem bem trajado, com as vestes judiciais. Ele lia uma sentença, numa folha que o vento dobrava em suas mãos. Ao lado, mais um juiz com o ar grave. E também os soldados. E muitos curiosos. Ele se fez um deles. Não conseguia ouvir a sentença, nem enxergar quem estava sendo julgado, e foi se infiltrando naquele emaranhado humano que se formara na rua para ver dois negros amarrados, ocupando o centro da roda. Não entendia as palavras, mas sabia que se tratava de um julgamento público para servir de exemplo. Muitos ali eram escravos de ganho, e veriam aquele castigo. Alguns envergavam casacas, e também eram movidos pela curiosidade. Um dos negros chorava. O outro mantinha um olhar duro. Um padre tinha um crucifixo na mão e, olhos constrangidos, focando o chão, rezava em voz baixa, apenas movendo os lábios. Padre Azevedo compreendeu tudo. Os escravos não seriam apenas castigados, mas executados. Um arrepio tomou conta de seu corpo. Nunca presenciara uma execução e seu desejo foi sair dali e se esconder no seu quarto. Mas não seria digno fugir dessa experiência. Não havia o que fazer, a sentença fora pronunciada. E a multidão queria a execução. Era uma nova Paixão de Cristo.

Ele ouvia palavras soltas: morte na forca; assassinato em Mataporcos, roubo. E depois do veredicto veio uma explosão de palmas, gritos e assovios. A multidão entrava em êxtase com a punição; a procissão ia começar. Com os guardas puxando os negros pela corda enlaçada aos pescoços, e seguidos pelos funcionários trajados judicialmente, o cortejo se pôs em movimento. Era um enterro que eles seguiriam. Um enterro com os mortos ainda vivos.

Saíram pela rua do Ourives, o cortejo aumentando. Quando um dos negros parava, vinha um puxão na corda, obrigando-o a se mover para não cair, e a multidão aplaudia. Dava para ver, mesmo de longe, de onde o padre observava tudo, a pele arranhada no pescoço dos condenados. O destino deles tinha que ser exposto. À noite, as testemunhas da execução comentariam com os familiares, e todos temeriam a lei, e ficariam mais conformados com o destino. Os escravos pensariam melhor antes de qualquer iniciativa ousada. Os patrões contariam na frente das mucamas, das cozinheiras ou de outros serviçais que a justiça havia sido feita, este era um país ordeiro. Aquele ato mostraria o destino dos que se insurgem contra o Império.

Uma pedra saiu do meio da multidão e acertou o olho do negro que chorava, abrindo uma brecha na altura da sobrancelha. Ele tentou levar a mão ao corte para estancar o sangue, mas as mãos estavam presas. E isso foi motivo para um riso geral. Lágrimas e sangue se misturaram. Mas logo escorria apenas o sangue. Ele havia parado de chorar. A dor do corte ou a certeza da morte, de que os dois já estavam mortos, fez com que ele ganhasse a mesma firmeza do outro. Mais uma pedra foi lançada, mas não acertou ninguém. O padre da comitiva continuava rezando.

Nas imediações do largo do Moura, a multidão correu, passando adiante dos condenados. Todos queriam escolher o melhor lugar ao lado da forca, onde o carrasco já estava. Foi preciso os soldados abrirem espaço para que os dois escravos chegassem à escada. Como eram dois homens pesados, ouvia-se o ranger da tábua da escada a cada passo que eles davam. Não precisaram ser puxados. Subiram lentamente, mas sem paradas. O juiz logo atrás. Os soldados e o carrasco ataram a corda na trave superior, empurrando os condenados sobre o alçapão. Gotas se sangue manchariam o assoalho, mas as pessoas só veriam isso quando tudo terminasse.

O juiz deu uma ordem a um dos oficiais, e então soou o tambor que estava com um dos guardas, mas, antes de o carrasco abrir o alçapão, ouviu-se um grito, que era mais de guerra do que de dor, e o negro ferido nos olhos pulou violentamente sobre o assoalho, rompendo a trave e caindo no vazio. O outro ficou também pendurado, mas rijo, enquanto o ferido esperneava. Os corpos bem na altura dos olhos da multidão, que, com o susto da antecipação do enforcamento, silenciara. Em poucos minutos os dois estavam mortos. E aquele que fora ferido, talvez pela explosão de ódio, teve uma ereção que estufou a sua calça larga, uma ereção pós-morte. Alguém então gritou que ele ficara com a vara dura. E uma nova gargalhada coletiva descontraiu a turba, que começou a se dispersar, aliviada com a morte de dois assassinos.

Com o embrulho na mão, padre Azevedo ainda ficou uns minutos olhando a forca. Os oficiais não retirariam logo os corpos, eles ficariam ali por um tempo, expostos a quem tivesse chegado tarde, protegidos pelos soldados para que não fossem sequestrados.

Ele se virou para a forca, essa árvore artificial com seus frutos humanos, e começou a caminhar. No outro dia, quando o navio partisse do cais ao lado, ele ainda veria a forca, mas a colheita já teria acontecido.

O tecido rústico do lençol, de um algodão feito na cidade, e que tinha caroços de cascas ou de algum cisco do talo seco, produzia pequenas ranhuras em seu corpo de pele muito fina. Um dia, mexendo na tinta da máquina, sujara os dedos e, por brincadeira, imprimira-os na folha em que trabalhava. Era mais uma recaída infantil, o impulso primitivo de uma escrita que se fazia magicamente. Era como se ele quisesse ser a própria máquina de escrever; quem sabe cada uma das pontas dos dedos trouxesse uma letra, e os dedos em si fossem as hastes, e a máquina já estivesse pronta nas suas mãos, e unindo quatro mãos, as dele e as da pessoa amada, teriam todo o alfabeto para escrever. O amor reunia as letras. As mãos como equipamentos de carne, pele, osso e suor. Porque o suor dissolveria melhor a tinta, impressa para sempre nos papéis. Esses seus delírios talvez fossem produzidos pelo cansaço. E ele apertou os dedos na folha e não viu nada. Era uma mancha contínua, sem as nervuras. E ele se lembrou de que sempre se machucava nos trabalhos manuais, convivendo com pequenas feridas. Havia sido feito com uma proteção mínima, como se tivessem tirado sua pele quando nascera, e desde então estava se rasgando; por isso suas mãos não tinham nem o autorrelevo das nervuras. Se seus dedos fossem letras, ele só podia fazer uma escrita borrada, que ninguém entenderia.

E, agora, na primeira noite de novo em casa, e depois de ter conhecido tecidos macios na Corte, ele voltava para seu lençol áspero e sentia as costas arranhadas; ele dormia de costas, para controlar-se, pois não queria estragar o encontro, esvaziando-se sozinho no lençol, naquele lençol cheio de calosidades.

A casa enfim ficara quase em silêncio. Somente os velhos ruídos da madeira. Uma barata voadora que batia contra os móveis pousou nele. Espantou-a com um tapa. A casa se retorcia, invisível. Ele se virava no lençol. O calor. Então ouviu a porta ao lado se abrindo no seu eterno movimento. A busca de uma caneca de água na cozinha. O barulho dos passos no corredor. E quando os passos voltaram, ele se levantou nu e os seguiu. A porta adiante da do seu aposento estava escancarada; ele entrou. Pela janela a lua iluminava o tecido com o qual se cobrira aquele corpo convidativo. Era como a luz da lua num mar muito azul. Ele se aproximou e tocou a seda. Uma peça grande como um lençol cobria o corpo dos pés à cabeça. Ele passou a mão nas pernas, no ventre, nos seios e no rosto. Estava ali a mulher. Era a hora de sua reinauguração. Ela ganhara esta outra pele. Sentia os volumes sob a maciez da seda. Não havia palavras entre eles. Apenas toque. Encaixes. E essas coisas só aconteciam à noite, como se fosse um sonho que os dois tinham ao mesmo tempo.

 Ele começou a puxar o tecido pelos pés, foi descobrindo o

rosto, que também brilhava à luz da lua, depois descortinou os seios, o umbigo, o sexo com muito pelo, as coxas e por fim os pés. As cortinas daquele teatro estavam abertas. Nenhum vestido em que aquela seda se transformasse seria mais perfeito do que este movimento de cortinas se abrindo. Ele então se deitou sobre o corpo dela para encontrar a mesma maciez. E agora era bom ter a pele fina, pois se unia de uma maneira mais íntima à mulher. A lua continuava brilhando no azul do tecido amontoado aos pés da cama, já esquecido da forma que tivera momentos antes.

Breve notícia sobre o Império do Brasil

Jacarandá
Foi exportado no valor de 995:787$, sendo as matas de sua maior produção nas províncias do Rio Grande do Norte, Pernambuco, Espírito Santo, Rio de Janeiro e Minas Gerais, que o exporta pelo rio Mucuri.

Diário de Pernambuco, 1867.

NOVA YORK

1.

Os amigos não foram se despedir do padre, agora consumido pelas fraquezas da idade e pelas lutas perdidas. Já o consideravam defunto. Aquela viagem não fazia sentido para ninguém. Para que voltar à terra natal? Era melhor que morresse ali, na rua da Ponte Velha, na casa transformada em oficina, porque não podia mais ir ao arsenal trabalhar, e nem dava aulas na Sociedade de Artistas Mecânicos e Liberais. A sua distração estava nos inventos. Não seria correto dizer agora que todos continuavam seus, pois a máquina de escrever já pertencia a um outro inventor, um outro país. Nem ele nem o seu país se permitiam tal felicidade. E, ao pensar nisso, ele se lembrou da palavra facilidade. Nunca houvera facilidades para ele. Então, aceitou a viagem a João Pessoa. Seria um longo velório, um enterro demorado. Não voltaria a ver o Recife, as ruas que ele tanto amava. Uma cidade são as ruas em que andamos. Mas estas ruas continuam na gente.

— Agora é melhor irmos — disse Benedita, ajudando-o a se levantar da cadeira em que se colocara à espera da condução, que acabara de chegar.

Levavam em dois baús os objetos mais necessários e as roupas. Em um deles, o vestido de seda pouco usado, agora porque Benedita ganhara muito corpo e antes porque não tinha aonde ir. Em algumas noites, no entanto, nos raros momentos de alegria do padre, quando ela ainda não era tão velha, eles se olhavam e, sem dizer nenhuma palavra, ela seguia para o quarto e voltava vestida de seda. A menina já dormia, e os dois então dançavam ao som do silêncio, de uma música feita só do sangue pulsando nas veias. Azevedo valsava bem e tentou ensiná-la, mas ela se mexia muito e acabavam sempre rindo.

Benedita carregava o vestido como se fosse um retrato. Retrato de seu corpo que se modificara tanto. Quando o padre lhe dera o tecido e desenhara o modelo para ela, não quis acreditar. Ela mandou uma modista fazer a roupa, dizendo que era para a irmã do padre, que tem o mesmo corpo meu, então posso provar a peça. Foram as únicas vezes que o vestiu em público, a modista elogiando que ele ficara tão bonito nela, pedia para que andasse pela casa, o seu corpo brilhando na seda azul.

Agora, o corpo não brilhava mais. Nem mesmo os olhos. Mas ela queria aquele vestido ao seu lado para se ver nele. Guardava-o envolto em um pano branco, como se fosse um enxoval do casamento que nunca houve. Pelo menos para o vestido, o tempo não passava. Ela era jovem naquele tecido que insistia em não se corromper.

Deixaria para trás os poucos móveis, a cômoda em que o vestido descansara por tantos anos, a mesa na qual incontáveis vezes ela servira a refeição primeiro ao padre, mas ele só comia quando ela se sentava ao seu lado e, depois do nascimento da menina, quando as duas pegavam os talheres. Ficariam a mesa, as cadeiras, as três camas de solteiro, cada uma em um quarto. Toda noite, desde que começara a morar com ele, assim que perdia o sono, ela esticava a rede sobre o colchão e sempre amanhecia ali. Levariam as redes. Nas redes estava a casa inteira.

Mas o que fazer com todas as anotações de Azevedo? Esta tinha sido a parte mais difícil dos preparativos para a viagem: cuidar dos dois baús com projetos de seus inventos, com os papéis tirados da máquina, com as anotações. Uma semana antes, ela perguntara sobre o destino daquelas folhas.

Azevedo estava muito cansado para tentar organizar seus documentos. Cansado até para pensar. Ele poderia simplesmente não responder e deixar que ela resolvesse da maneira dela. E ela arranjaria alguém para guardar os papéis, até que eles voltassem. Ela sabia que eles não voltariam. Mas precisava pensar que, sim, logo estariam de novo naquela casa. Deixaria com alguém que soubesse o valor daquilo. Enquanto ela pensava nisso, e depois de um silêncio triste, Azevedo se manifestou.

— Este material pesa muito.

— Arranjamos alguém para carregar.

— Pesa de outra forma.

— Não acho assim tão pesado — ela disse em tom alegre, levantando um lado do baú.

— Quero ficar mais leve ainda.

Uma frase doída porque o padre estava muito magro, tão frágil que não conseguia se levantar. Benedita poderia pegar aquele homem no colo e sair com ele pela rua.

— Você tem é que ganhar peso.

— Rasgue tudo...

— Lá no arsenal...

— E queime.

E ele fechou os olhos, encerrando a conversa. Ela arrastou o primeiro baú até a cozinha. O fogão aceso. Tinha cozinhado ali tanto tempo, e sentia já uma nostalgia daquelas refeições. Queimara muita madeira naquela peça. E agora, vivos, os tições ameaçavam incendiar o mundo. Ela tinha uma obrigação. Pegou os primeiros maços de papel, retirando algumas folhas impressas. Ela gostava mais daqueles papéis do que das anotações à mão, dos desenhos, das gravuras que o padre fizera de santos e de pessoas. Em uma imagem de Nossa Senhora ela se viu quando jovem. Guardou a gravura junto com as folhas saídas da máquina. E jogou o resto sobre os tições incandescentes. Em poucos segundos, o papel foi se retorcendo e surgiu uma labareda irritada. Ela pegou mais um maço, fez nova seleção, e atirou o resto no fogo. De punhado em punhado, separando sobre a mesa o que queria guardar, ela passou o final da tarde queimando os rastros de uma vida.

Azevedo ficara em seu quarto. Cansara-se tanto ao longo do dia que, ao fechar os olhos para despachar Benedita, dormira imediatamente. Ao acordar, estava mais animado. Era começo da noite. Erguendo-se, caminhou com alguma destreza para a cozinha, de onde vinha uma luminosidade estranha. O fogo ainda estava alto. Benedita terminava de colocar as últimas folhas. Já havia guardado o que conseguira separar. A cozinha se aquecera. Azevedo ficou na porta, fascinado pela luz e pelo calor.

— A janta está pronta? — perguntou.

— Hoje não vai ter janta — ela respondeu.

E, agora, quando se preparavam para partir, ela sabia que um pouco da vida de Azevedo estava no fundo de um dos baús, logo abaixo do vestido que nunca usara em público. Levavam ainda, numa caixa muito velha, a mesma que fora ao Rio, a nova máquina de escrever.

O carroceiro e o ajudante já haviam acomodado os baús e o caixote. Azevedo se amparou em Benedita e na filha e seguiu para a rua. Um cheiro de peixe veio do Capibaribe. Cruzariam a ponte rumo ao bairro de Santo Antônio, depois outra para o Recife. Se pudesse, subiria na torre Malkof e contemplaria a cidade às suas costas. Mas não tinha forças.

Antes que a mulher fechasse a porta, ele se virou para a casa e riu.

— Do que você está rindo?

— É como se eu estivesse saindo de mim mesmo. Por um momento, achei que eu fosse apenas uma alma deixando um corpo.

Mas o seu corpo ainda ia com ele, e teve dificuldades para subir na carroça.

2.

Debates tediosos dominavam aquelas reuniões da Assembleia Provincial. Assim seriam os seus dias se cumprisse o previsto na lei orçamentária de 13 de junho daquele ano de 1872. Azevedo receberia um financiamento para aprimorar e fundir a sua máquina se apanhasse os debates da casa por um ano. Não havia outra saída a não ser se submeter a essa exigência se ele ainda sonhava ver a sua máquina industrializada. E, agora, sempre que podia, passava algum tempo na Assembleia. Estava treinando dois meninos do arsenal, seus alunos de piano, para que operassem a máquina.

A lei também dava um prazo, o fim do contrato com Carlos Ernesto de Mesquita Falcão, responsável ali pela taquigrafia. Todas as vezes que Azevedo e seus alunos apareciam, Falcão se irritava e tomava notas de maneira mais agressiva. A mão endurecida voava sobre o papel, e as folhas eram postas com raiva no lado direito da mesa.

Era naquele canto que ficaria a máquina e isso seria um problema. Ele só tinha um modelo, que sofria as substituições de peças e acréscimos. Era ainda a mesma máquina da Exposição Nacional, mas já totalmente reformada. Com a transferência dela para o novo endereço, e tendo que trabalhar continuamente, como ele faria as mudanças? Teria que começar logo a construir outra, para não parar de aprimorar seu invento e também para o caso de surgir algum problema com o velho modelo.

Ela não tinha sido verdadeiramente usada ainda, era apenas um protótipo, que funcionava bem, mas talvez aguentasse longos períodos de trabalho. Em casa, para onde ele a levara, escrevia coisas aleatórias nas horas de folga. Começou reproduzindo falas de amigos, de alunos ou de Benedita. Sem querer, estava escrevendo pequenas anotações sobre assuntos que o intrigavam ou recordando algo que se passara em outras épocas. Não tinha intenção de escrever um livro, nem mesmo de juntar material para um artigo, era apenas uma forma de testar a resistência do maquinismo. Enquanto escrevia velozmente, o som produzido era oco, não porque ele tocasse as teclas sem força, mas por causa da parte de madeira do equipamento, que não prendia bem as hastes e os rolos para o papel.

O que exigiam, agora, era que um modelo, que deveria servir apenas para demonstração, fizesse um trabalho profissional. Era um teste muito duro para a sua máquina, e a cada ida à Assembleia, com a desculpa de se familiarizar com as futuras funções, ele imaginava a máquina prematuramente ali.

Mas não faziam isso com os órfãos do arsenal? Não queriam que eles demonstrassem habilidades e capacidade de trabalho em uma época em que deviam estar brincando? O mundo funcionava assim. Dos pobres sempre se cobra mais. E a sua máquina era pobre igual ao seu inventor, igual aos meninos que deviam provar sua capacidade a todos. E Francisco João de Azevedo — nestas horas de determinação ele gostava de se referir interiormente a si mesmo pelo nome completo —, Francisco João de

Azevedo tentaria mostrar que um menino órfão, mesmo com sacrifícios, podia aprender uma profissão, uma arte, e fazer as coisas de uma maneira melhor do que os outros.

— Por que o senhor padre está rindo? — perguntou um de seus auxiliares, que não tinha mais do que quinze anos.

— Da maneira como os deputados discutem.

— A gente entende as palavras mas não entende as intenções — o menino comentou.

— É, a gente nunca entende as intenções.

— Então para que copiar os debates?

— Para a história.

— Para que alguém tente achar as intenções?

— Pare com o questionário — ordenou o outro jovem.

— Ou para que alguém invente outras intenções — disse o padre.

E a dúvida do padre interrompeu a conversa. Transcrever aquelas brigas falsamente educadas era uma tarefa inglória, mas não diria isso aos jovens. Não importava o sentido do trabalho que iriam fazer, importava apenas que fizessem. Os órfãos podiam fazer. Os quatro órfãos — os meninos, a máquina e ele.

Quando a sessão terminou, eles ficaram sentados na última fileira de cadeiras. Falcão nunca falara com ele, mas agora parecia vir em sua direção, para lhe dar um murro com a força de sua revolta. Não faria isso, pois estava com as várias folhas taquigrafadas em uma das mãos, e poderia derrubar tudo.

O padre se ergueu diante do outro, que levantou a mão direita apontando para ele.

— O senhor está contente em acabar com o trabalho de muitos taquígrafos? É assim que quer ajudar o país?

Faltavam poucos meses para o fim do contrato. Ele está sofrendo com a situação criada pela lei e tudo cairá sobre mim, pensou Azevedo.

— Vou atuar apenas na Assembleia.
— Ou seja, por enquanto vai tirar somente o meu trabalho. E quando a sua máquina estiver sendo usada em todas as províncias? Já imaginou quantos perderão o emprego?
— O progresso...
— Qual progresso? A escrita manual existe há milhões de anos. Daí vem alguém e diz que daqui para a frente só existirá a escrita mecânica.
— Existirão as duas.
— A partir do ano que vem, na Assembleia Provincial de Pernambuco — ele imitava inconscientemente o tom dos deputados — só existirá a máquina taquigráfica do padre inventor. É tudo que posso dizer.
— Não quero o seu lugar.
— Não, quer apenas o meu salário.
— O dinheiro que a Assembleia reservou para a máquina...
— Reservou, não. O dinheiro que ela transferirá para o senhor é o que serviria para me pagar.
— Não sou o autor da ideia.
— Apenas do pedido de ajuda. Por que não se muda para outro país? Aqui o senhor é maior do que eu. Mas queria ver no estrangeiro.
— Não sou maior que ninguém, senhor Falcão.
— E agora a humildade cristã. Se fosse humilde, não ia querer inventar coisas apenas para aparecer.
— O senhor...
— Com licença — ele disse, esbarrando no padre o ombro que ajudava a prender as folhas contra a barriga. Azevedo se desequilibrou e caiu sentado na cadeira. Os meninos se assustaram com aquela discussão.
— O senhor também entrou nos debates? — perguntou o menino mais falante.

E, desde aquele dia, Azevedo não voltou mais à Assembleia. Esperaria acabar o contrato com o taquígrafo. Tinha um problema para resolver na máquina: como trocar rapidamente a folha de papel. Se perdesse tempo com isso, não conseguiria apanhar as falas.

3.

As ferragens tomavam conta de tudo: varandas, grades das janelas, gradis das casas e das chácaras etc. Azevedo foi acompanhando esta mudança do Recife. Onde antes a madeira, agora estruturas de ferro. As pontes, uma após outra, estavam sendo substituídas pelos novos modelos.

As próprias praças e também algumas igrejas recebiam gradis de ferro, porque a madeira já era rara em Pernambuco, a província tinha consumido suas florestas nos engenhos de cana-de-açúcar. Um motivo a mais para a mania das importações, foi no que ele refletiu ao ler no *Jornal do Recife* daquele 27 de janeiro de 1871 um anúncio de madeira estrangeira. Ele riu. "Madeira da Suécia vende-se na Saboaria do Recife a 3$ o pranchão de 14 pés de comprido, 9 polegadas de largura e 3 de grossura." Em breve, nem madeira teríamos; a floresta como miragem, ele pensou.

Aço é durabilidade. E ele foi vendo a mudança rápida da cidade, já vestida de ferragens. Lembrou-se de quando procurara Cristóvão Starr, na esperança de produzir sua máquina no Recife. Fora recebido na entrada do grande prédio da Fundição

Aurora. Havia escravos trabalhando em ritmo lerdo. Era a sua primeira visita à fundição, e ele estava encantado. O proprietário mostrou cada uma das máquinas, o motor a vapor que tocava os equipamentos, e o calor que vinha da oficina fez Azevedo se lembrar do inferno. Era o inferno do bem, ele meditou, enquanto percorria as salas, desviando de escravos, crianças e estrangeiros que terminavam peças em bancadas, forjando o último arremate de um tacho ou de um gradeado. Ele gostava deste ambiente, onde não apenas os escravos se dedicavam às artes mecânicas, mas também brasileiros brancos e estrangeiros.

Quando Starr e Azevedo se afastaram rumo ao escritório, passando pela sala dos desenhistas, cheia de plantas de gradis e outras obras, era como se estivessem participando de um novo gênese. Conversavam ao som do aço sendo dobrado e batido e do motor barulhento que movia tudo. Por um breve instante, ele imaginou a sua máquina feita da mesma matéria. Como seria a sua música quando ela fosse toda de metal? Com certeza, seria uma versão reduzida daqueles ruídos. E esta divagação lhe deu coragem para o assunto que o levara até ali.

— O senhor há de se lembrar de minha máquina?

— Sim, na Exposição Provincial ela foi muito aplaudida. O motor a vapor que a Fundição Aurora criou — ele evitava usar a primeira pessoa do singular — não foi nem escolhido.

Havia ainda mágoa por conta daquele prêmio que Azevedo recebera; os jornais da época falaram na injustiça de se premiar uma pianola — como se ela pertencesse ao campo fútil da arte — e ignorar as grandes contribuições para a agricultura, razão de ser das fundições, e também o trabalho do Arsenal da Marinha, com seus objetos úteis, como o martelo a vapor.

Estava visitando a Fundição Aurora para tentar um acordo. Não enveredaria pelas razões do insucesso deles. O engenho era só a cópia de algo já existente. Mostrava apenas a capacidade de produzir essas máquinas nos trópicos, o que nem chegava a ser uma distinção, pois os responsáveis pelo trabalho vinham da Europa. Já a sua máquina taquigráfica, conquanto ainda sem aplicação prática, era uma criação original. Ele tinha estudado o sistema do telégrafo e aplicado o mesmo conceito em um móvel que pudesse funcionar como tipografia portátil.

— Os que se adiantam a seu tempo não são percebidos — foi tudo que disse.

Era uma frase que se ajustava aos dois casos. Cristóvão Starr a tomaria como um elogio, pois ele se via como um desbravador, e de fato era. E também servia para que Azevedo se defendesse.

— Mas me diga, meu padre, o que motiva a visita que tanto me agrada? Não há coisa que mais me envaideça do que poder mostrar as condições de produção que a Fundição Aurora conquistou.

— O senhor deve saber que não desisti de minha máquina.

— Sim, sei muito bem. Sempre me informam que o senhor continua trabalhando pessoalmente nela. Admiro sua persistência.

— Por quanto tempo ainda não sei.

Os dois não se sentaram nas marquesas da sala de Cristóvão. Conversavam em pé, diante da janela, por onde podiam ver carros de boi com tachos que seguiriam para os engenhos. Como todos trabalhavam ali, seria desagradável acomodar-se para uma conversa, pelo menos Azevedo se sentia assim. Não sabia se o inglês, que falava quase sem sotaque, pensava o mesmo ou se apenas evitava alongar a conversa, por isso não o convidara a se sentar. Esta dúvida fez com que Azevedo sofresse um constrangimento interior. Estava diante de um homem ocupado?

— Talvez fosse o caso de o senhor não tentar fazer tudo pessoalmente.

— Eis a razão de minha visita.

Aproveitava o encaminhamento da conversa para, num ímpeto, revelar suas intenções. Mas Cristóvão Starr era um velho negociante, acostumado a controlar esse tipo de investida. E tinha as artimanhas de quem havia anos se dedicava a uma empresa procurada por toda sorte de aventureiro.

— Não sei se o senhor padre ouviu falar do engenheiro inglês James W. Well, que foi contratado para a construção da ferrovia Pedro II, na Corte.

— Não, não ouvi.

— O que me contaram sobre ele é revelador. Well era tratado no início como doutor. Vinha da Inglaterra. Tinha conhecimentos raros.

Neste ponto, Starr interrompeu a fala para olhar, pela janela, um carro de boi que estava sendo descarregado. De seu escritório, vigiava tudo. Ainda com a atenção no que acontecia lá fora, continuou a narração.

— Mas o grande problema de Well é que apenas ele dominava as técnicas. Os empregados e os escravos que atuavam na construção — Starr voltara a olhar para o padre — não sabiam nada. E não havia intermediários. Passava pelas obras só de camisa para ensinar como as coisas deviam ser feitas, executando-as ele próprio, de forma demonstrativa.

— Uma decisão louvável.

— E suicida. Pois a partir daquele momento ele não foi visto mais como engenheiro inglês, e sim como um mestre de obras qualquer. E todos deixaram de tratar Well como doutor; tornara-se um igual.

E ele repetiu estas últimas palavras.

— Um igual.

Então todos, inclusive Cristóvão Starr, o consideravam um órfão igual aos alunos do arsenal, um operário que se confundia com os escravos. Ele devia ser superior. Alguém que projetava e comandava a construção dos inventos. Estar em pé todo este tempo era, por parte de Starr, uma demonstração de superioridade; essa foi a conclusão do visitante.

Tinha ido ali para propor um negócio. Se havia alguém em condições, no Recife, de tentar fundir a máquina era Starr. Vencera os seus pudores e marcara a visita. Agora, em retrospecto, entendia o passeio que fizeram pela fundição. Cristóvão mostrara os objetos para a indústria, para os novos padrões de vida urbana, para a agricultura e para o transporte. O tempo todo, sabia das intenções do inventor e o acusava silenciosamente de estar se dedicando a uma coisa inútil. Ali só havia lugar para o que as pessoas de posses careciam. Quem iria querer uma máquina de escrever? As várias paradas na fábrica, a conversa em pé, o caso do engenheiro inglês, tudo era uma recusa à sua máquina, uma forma de dizer que o governo, ao lhe dar a medalha de ouro da Exposição Nacional, cometera um equívoco. Premiara o que tinha pouca serventia. Dom Pedro II estivera na Fundição Aurora em 1859, sem fazer nada para melhorar a situação das indústrias. E ainda premiara uma pianola.

Como que entendendo todas as conversas interiores de Azevedo, o seu anfitrião reclamou da dificuldade de importar aço; e da lei que facilitava a vinda de máquinas do exterior, com a desculpa de estimular a agricultura do país. Isso estava acabando com as fundições. Pagavam impostos para o aço, mas quem comprava as máquinas prontas tinha todo o incentivo.

— Um engenho a vapor vindo da Europa é mais barato do que o que produzimos aqui.

Completara-se a sua estratégia: reclamar da falta de estímulo e da entrada de outros produtos. Com isso, ele destruía qualquer possibilidade de Azevedo tratar de seu assunto. Sabia da pobreza do padre, que ele não poderia pagar pela fundição, que exigia tantas coisas: moldes de peças, desenhos, tentativas e erros, montagem... E depois quem iria comprar a máquina? A conversa tinha então acabado. O hábil negociante matara mais uma proposta inadequada. E se vingara da projeção que tempos antes o inventor tivera.

Quando Azevedo saiu do prédio, em Santo Amaro, caminhando com mais pressa do que se esperava de um homem com a sua proeminência, ele ouviu ao fundo sons metálicos, que foram se distanciando feito um navio a deixar o cais. Era como se ele estivesse ali parado e a fábrica se afastasse com seus motores a vapor.

Aquele encontro que o deixara tão melancólico era agora recordado com alguma nostalgia. Em meados de 1860, havia fundições no Recife e ainda era possível uma ilusão industrial. Agora, as fundições tinham se transformado em importadoras, responsáveis pela montagem e pela manutenção de obras de ferro, de gradis a casas inteiras, que chegavam em navios.

Em cada espécime de ferro, Azevedo via a sua máquina, a impossibilidade de que ela ganhasse um corpo metálico. Era doloroso andar pela cidade tomada por esses produtos estrangeiros. E ainda ia ler no *Jornal do Recife* mais um anúncio de madeiras vindas da Europa. Madeiras brancas e macias, crescidas em regiões de temperaturas amenas.

4.

— Garantias? Que tipo de garantias?

O funcionário que o atendia, na Assembleia, olhou para a mesa e não para quem fazia as perguntas. Ele podia ler a informação na caligrafia redonda do advogado que se manifestara sobre o empréstimo. O documento estava sobre o tampo da mesa, como se fosse uma arma a ser usada para se defender caso houvesse necessidade. A folha com a letrinha paciente de quem tinha muito tempo para escrever ficava mais perto do funcionário do que do padre.

— As garantias normais — ele respondeu.

— O que o senhor entende por normal?

O silêncio que se fez depois de mais esta pergunta era de impaciência. Ele teria que ler as justificativas do advogado. Mas não queria fazer isso, pois significava que ele não pudera executar a sua tarefa. Ler o documento era como chamar o superior hierárquico e passar o problema para ele.

— As garantias — ele começou, lentamente — que se cobram de quem recebe um benefício de tal monta, e para tais fins, são conhecidas: um edifício próprio ou algum tipo de comprovação de renda adequada aos valores solicitados. Por exemplo, se o senhor é sócio de algum comércio ou se possui um número de escravos empregados...

Enquanto o funcionário continuava sua explicação, num tom monocórdio, estendendo o intervalo entre uma palavra e outra, e olhando para um ponto distante na parede à sua frente, como se falasse para ninguém, e talvez ele falasse mesmo para ninguém, Azevedo se lembrou de todos os lugares onde morara no Recife, e foi se vendo em cada um daqueles endereços, que eram muitos e um só. No cais de Ramos, no número 20, num sobrado, de onde ele via a alfândega. No largo das Cinco Pontas, no número 382. Na Lomas Valentinas, 188. Na curta rua da Matriz, 57. Na rua do Rangel, 133. Na rua da Penha, 65. No sobrado da rua do Brum, 196. Na rua do Cajueiro, 24. No Chora Menino, 383. Ou ainda no largo do Rosário, número 266, onde começou a sua peregrinação pelas casas e sobrados do Recife.

Ele não se esquecia do número de suas antigas moradas; a memória vinha com a localização precisa, para comprovar que ele um dia estivera lá. Os endereços não seguiam a sequência dos anos, porque o tempo vivido é um só. Nunca se deixa uma casa onde se morou. Ele continuava existindo em cada uma delas. O funcionário queria uma garantia. Ele tinha todos esses patrimônios que não o deixavam, embora ele já os tivesse deixado e agora morasse na rua da Ponte Velha, 56. Apenas mais um nome e um número. Era essa a sua biografia: várias ruas com certos números. Ele se dispersara pela cidade.

— A maior garantia é minha máquina.

— O senhor há de entender que a Assembleia deve seguir normas. Uma comprovação de renda ou algum patrimônio. O senhor possui uma casa, creio eu.

— Muitas.

— Apenas uma delas seria suficiente. O dinheiro reservado ao senhor está conosco, basta providenciar o documento que coloca a casa como garantia do empréstimo.

Em todas as casas morara sempre de aluguel, o que não o tornava menos proprietário delas. Mas no mundo dos homens de negócio, dos funcionários públicos, esta posse não era reconhecida.

— Vou em busca dos documentos.

E a resignação de Azevedo produziu a primeira alegria no funcionário. Tinha cumprido o que se esperava dele. Vergara o inventor. Não era apenas chegar à tesouraria e levar o dinheiro de que falava a lei. A lei apenas autoriza, mas quem faz o empréstimo são os funcionários. Deles se espera que tomem todas as precauções, pois tantos retiram o dinheiro do governo e nunca voltam nem para dizer que não o devolverão. Ele tinha sido correto.

— O prazo é até o fim do mês. Se não conseguir os documentos, teremos que fazer um novo contrato com o senhor Falcão, pois a Assembleia volta a funcionar no começo do ano, e os debates têm que ser registrados.

Ele poderia dizer ali que não tinha como cumprir a exigência, que ela não se aplicava a um homem pobre. Se confessasse a sua pobreza, o funcionário ficaria satisfeito, e poderia humilhá-lo ainda mais.

Deixou a Assembleia decidido a não buscar a ajuda de ninguém. Em conversas com uns poucos amigos de posse, estes mudaram de assunto assim que ele falara em fiança. Ninguém quer avalizar quem inventou uma máquina que todos acham ótima embora não compreendam para que há de servir. E ele não era o tipo de pessoa insistente.

— Isso se chama orgulho — acusou-o uma vez Benedita.
— Não, chama-se dignidade — ele respondeu.
— Para mim são a mesma coisa.

— Você se engana.

Queriam que ele alugasse sua máquina e ainda arranjasse garantias para isso. Ele era o que a sua máquina podia fazer. O seu trabalho. Mas no universo de proprietários trabalho era uma palavra africana.

Não voltaria a falar com os funcionários da Assembleia. Esqueceria o nome de todos, embora já os tivesse procurado várias vezes. O esquecimento rápido era uma defesa. Não se lembrar dos que o atrapalhavam. Falcão já devia estar frequentando os gabinetes para conseguir o novo contrato.

5.

Horta é o jeito de falar. Parecia mais um capão de mato, onde eu gastava alguns momentos da tarde, quando estava exausto demais para os meus trabalhos. Eu tirava os sapatos, arregaçava as barras da calça e ia para o fundo do quintal. Assim que alugara a casa, comecei a trazer mudas e sementes, colhidas em sítios, chácaras ou residências por onde andava. E fui povoando sem a mínima ordem o fundo do quintal. Havia um pé de limão, retirado ainda arvorezinha de um terreno vizinho. Plantei em um canto do quintal e, a partir dele, fui espalhando plantas em todo o espaço livre. Acostumei-me a chamar de horta este quintal, mesmo quando ainda não havia nenhum vegetal de comer; mas também não descuidei desses. Uns pés de milho quando era tempo, umas ramas de macaxeira, algumas hortaliças que não exigissem muito trabalho, pois a minha horta era quase um depósito; fui trazendo, plantando e me esquecendo delas. Que crescessem.

Em uma das visitas que Frederico Albuquerque me fez, acho que em 1870, ele se irritou com o que chamou de meu "jardim de floresta". Havíamos ido para o quintal, para nos refrescarmos em um banco que construí à sombra do caramanchão, já coberto por uma glicínia que não parava de crescer. Foi a única muda que comprei; suas flores lembravam o vestido azul de Benedita.

Eu vira o anúncio no Diário de Pernambuco e fui até a rua da Soledade em busca da glicínia, plantada ao pé de um dos pilares do caramanchão feito com restos de madeira de minha oficina. A trepadeira cresceu formosa, e era todo o nosso alento. Algumas vezes, à noite, quando havia lua cheia, eu contemplava o caramanchão florido pela janela. As glicínias cada vez mais jovens.

— Parece que deixei o meu vestido secando no arame — Benedita disse uma noite.

Ela vivia ainda deslumbrada com aquele vestido, o único bem de valor que teve até hoje. Eu poderia ter comprado um ou outro vestido para ela, mas estragaria seu sentimento de devoção a um modelo agora já antigo. Se tivesse outros da mesma qualidade, perderia aquele que significava tanto. E, nas nossas noites de corpos velhos, o caramanchão nos dizia de um amor florido, um amor de fundo de quintal, quase secreto, um amor no meio de outras plantas.

— Isso aqui é uma cópia da selva — disse Frederico Albuquerque.

E nós dois rimos. Ele publicava a Revista de Horticultura e era um grande defensor da construção de parques, de campos bem cuidados, com flores das regiões mais belas do mundo.

— Um jardim é uma das formas de praticar a civilização. Não pode ser assim tão espontâneo — ele disse.

Ele queria dizer que não podia ser assim tão bárbaro. Mas era educado.

Benedita nos trouxe uma limonada — água de moringa, que ainda guarda o aroma da terra, modificada pelo açúcar e pelo limão. Bebemos à sombra protetora das glicínias, em meio à confusão de matos, frutas, uma romãzeira que ganhei de meus alunos, e do cheiro das flores de limão. O limoeiro, enlouquecido, produzia o ano todo. E o responsável havia sido eu.

Um japonês que passara pela cidade, vendendo plantas de todos os cantos do mundo, ensinou aos seus compradores que não havia melhor forma de estimular a produção das frutíferas do que cravando em seu tronco pregos velhos, arames e pedaços de metal. Alguém me contou isso e, no começo, eu me revoltei. Lembrava-me da coroa de espinhos na cabeça de Cristo. Não ia ajudar a crucificar Nosso Senhor de novo. Mas meu pé de limão não queria produzir. Em um dia em que eu me sentia merecedor de frutos que não vinham, renunciando à humildade e à devoção a Cristo com sua coroa de espinhos, fui ao fundo do quintal para enfiar um prego no tronco do limoeiro. Depois do primeiro prego, foi fácil. Cravei vários. E bati na árvore com o lado sem corte da faca. Benedita saiu da cozinha e me olhou com medo.

— Estou enlouquecendo o limoeiro.

Ela ficou mais retraída ainda. Não mexeria com quem perdera a razão. Eu entrei em casa, naquele fim de tarde, com uma sensação boa de que tinha lutado por algo que era meu. Dormi bem à noite, pacificado com o mundo.

No outro dia eu estava arrependido. Via a casca da árvore toda macerada, pedaços pendiam como se fossem pele humana. Veio-me a imagem de Cristo sangrando. Participara da crucificação. Mais do que isso: eu o crucificara sozinho, e tudo em troca de um punhado de limões. Logo me esqueci disso. Nós nos esquecemos até de coisas bem mais dolorosas, por que me apegaria à minha pequena crueldade? Só me lembrei dela quando, umas poucas semanas depois, o limoeiro começou a florir, enchendo o quintal com o cheiro de suas flores, que não pararam de brotar nem quando surgiram os frutos. Tem sido assim até hoje. Não me faltam limões.

— Meu método de jardinagem não é de fato civilizado — eu disse.

Não cultivo jardins. E os pés de milho espalhados pelo quintal demonstravam isso.

— Na vida doméstica, é possível esta desordem — ele disse e me senti envergonhado. Todos talvez soubessem de meu casamento secreto com Benedita. Seria uma referência velada. Calei-me. — Mas na vida pública é preciso ordenar — ele continuou. — Escolher bem as flores, as plantas, o material usado para criar campos doces aos olhos.

Chegavam nos navios espécimes de todos os lugares do mundo, mas principalmente da Europa. Eu já vira em chácaras e sítios macieiras, pereiras, pessegueiros e laranjeiras seletas, e cada vez mais gente plantava flamboyants ou cultivava flores da Holanda e rosas de Paris. Nas igrejas enfeitadas para casamento, as flores de papel, feitas pelas mulheres pobres e vendidas pelas irmandades, começavam a ser substituídas pelas naturais. Não pelas flores de nossos campos, mas pelas exóticas. Eu próprio não tenho uma glicínia?

— Os jardins são lugares agradáveis. Estive, na minha viagem à Corte, no Passeio Público. É muito bonito — eu disse.

— Hoje, a horticultura ornamental é a mais elevada das belas-artes.

— Sou um homem das artes mecânicas — meio que me desculpei.

— Escolher cada uma das flores, sabendo que trazem junto as cores e os formatos de outros países, e depois reunir estes países, isto é, estas plantas, em um campo bem projetado, são formas de participar da civilização.

Frederico Albuquerque havia me procurado a pedido de um amigo. Ele fazia muitos negócios com os norte-americanos, sempre mais adiantados do que nós. E um deles o procurara para vender ferramentas de agricultura. Este homem foi definido por Albuquerque como alguém muito inteligente. Com poucas semanas no país já consegue se expressar em português, idioma que veio aprendendo no navio. Encontrou lá uma Bíblia em português e, ao comparar os versículos em nossa língua com os escritos em inglês, foi obtendo vocabulário, que ele treinou com os brasileiros e portugueses que estavam a bordo. Pois ele soube da máquina e quer conhecê-la. Agora, está na colônia americana, fazendo negócios. Na volta à cidade, gostaria de conversar comigo. Aceitei recebê-lo.

O sr. Frederico continuava suas explicações.

— O seu jardim.

— A minha horta — eu falei.

— O seu jardim me faz lembrar de nossa mania de plantar mangueiras nos cemitérios.

Diziam na Europa que nossos índios eram antropófagos. Nós também somos, pensei naquela hora. Comíamos as mangas de cemitérios que se alimentavam de nossos mortos. Uma antropofagia indireta, com uma passagem pelo reino vegetal. Mas no fundo eram as mesmas moléculas de água e carbono.

— Há culturas em que se fazem banquetes na hora do enterro — falei.

Ele talvez não tenha entendido o meu comentário. Ficou em silêncio, esperando que eu me explicasse.

— Em um enterro no ano passado, depois de termos nos emocionado com a despedida de um amigo, e de a família ter chorado muito, quando estávamos saindo do cemitério, e sendo já fim de tarde, todos com alguma fome, muitos não resistiram às mangueiras carregadas de frutos maduros. Um jovem colheu a primeira, e vários seguiram o seu exemplo. Alguns se sentaram no chão; apertavam a manga madura, como se fosse um seio, mordiam o bico e depois chupavam. Outros, deixando o cemitério, rasgavam a casca com os dentes e devoravam a fruta fibrosa. Eu mesmo, devo confessar, fiquei com a boca cheia de saliva.

— Não é isso uma selvageria?

Eu então ri. Somos de fato selvagens.
— Por isso aprovo o trabalho de Silva Pinto — Frederico disse.
Era o dono do horto onde eu havia comprado a glicínia. Eu gostava de passar em seu Jardim Público, próximo da igreja de Nossa Senhora da Soledade. Vendia todos os tipos de árvores de fruto e de ornamentação. Mas não entendi a referência a ele na nossa conversa sobre as mangas do cemitério.
— O que ele faz?
— Tem importado ciprestes e chorões. Estas são as verdadeiras árvores fúnebres. Nossos cemitérios têm que perder a cor, a exuberância, e ganhar o tom de meditação, de sofrimento. As flores de cemitério deviam ser mais tristes.
Eu me lembrei então de anúncios dirigidos aos administradores de cemitérios que Silva Pinto fizera publicar. Ele prometia chorões descendentes da árvore plantada na sepultura de Napoleão, na ilha de Santa Helena. Nós também poderíamos nos sentir ao lado do grande homem, à sombra de uma planta que havia sido produzida a partir da árvore que se alimentara daquele vulto.
— Eu prefiro as mangueiras — falei.

6.

A infância de um órfão é sempre igual. Mas é mais difícil ser órfão de pai do que de mãe. O pai se casa de novo, e uma madrasta, por pior que seja, cuida dos enteados. A mãe corre o risco de ficar viúva eternamente, e se não tiver posses para educar os filhos a orfandade se faz ainda maior. Eu sempre quis ser engenheiro, era um sonho que vinha de meu pai. Nós não devíamos herdar sonhos nem frustrações, mas esta é uma herança muito fácil de receber. Minha mãe nunca se esquecia de contar que meu pai tinha habilidades para economia, finanças e também para geografia; e me mostrava o estudo sobre a topografia de João Pessoa que ele produzira. Herdei ainda o seu nome, e nunca me acostumei, quando se referiam a mim logo depois de alguma menção a ele, como "o filho do outro". Eu era na verdade o órfão do outro. E, como não havia pai, e como meu nome repetia o dele, eu acabei ocupando o seu lugar.

— Você vai ser engenheiro — minha mãe dizia quando passava por alguma frustração.

Mas não havia curso de engenharia na província. Não havia

nem mesmo secundário. E a mãe falando nas obrigações com os projetos não realizados por meu pai.

Intrigava-me que minha mãe conseguisse pagar o aluguel da casa, comprar comida e providenciar roupas para nós. Eu era ainda criança mas já intuía alguma coisa misteriosa. De onde vinha o dinheiro? Minha mãe fazia dívidas? Uma dessas dívidas, uma dívida com a memória de seu pai, ela vai repetir, é o estudo.

Quando um dos amigos de meu pai, que também fez parte da revolução de 1817, nos visitou — ele nos visitava com uma regularidade que causava suspeita quanto à vida íntima de minha mãe —, eu me saí com uma pergunta ingênua.

— Como faço para estudar engenharia?

Ele riu. Eu tinha onze anos e queria estudar engenharia.

— Comece pelas primeiras letras — ele disse.

— Meu pai esperava que eu fizesse engenharia. É o que quero fazer. E não primeiras letras.

— Então vamos providenciar isso, não é, dona Ana Maria?

Minha mãe me olhou com tristeza. Acho que esta conversa fez com que ela se lembrasse de nosso pai. Quando se lembrava dele, ela ficava olhando para a parede vazia, como se tivesse um retrato seu ali. Não me recordo bem do pai, mas não esqueço daquela parede.

A visita e minha mãe conversaram muito. Eu fiquei ali ouvindo o que eles falavam. Entrar quanto antes na escola. Isso se vê depois. Não haveria de faltar nada aos filhos de um revolucionário. Francisco João aprovaria isso. Uma honra para nós. Quando me cansei de ouvir frases que eu não entendia direito, fui para o quintal, onde um sabiá cantava em desespero naquele fim de tarde, e fiquei mais triste ainda.

Logo comecei a frequentar a escola. O professor Sebastião era um homem alto e arcado, e ensinava turmas em níveis diferentes. Não conversava com a gente. Chegava com um cachimbo aceso quando já estávamos reunidos por grupo. Eu executava rapidamente as minhas tarefas para poder ajudar os outros, e assim, num mesmo dia, fazia três ou quatro vezes as atividades que o decurião nos dava. Eu tinha pressa de aprender. O professor Sebastião passava de um grupo a outro, mais fiscalizando os meninos que ensinavam do que observando nossos avanços.

No final do semestre, o professor disse que eu seria o decurião do primeiro ano. E aproveitei as férias para estudar sozinho. Foi quando aprendi a ler de verdade. Lia principalmente os jornais. E os livros que tinham sido de meu pai. Não entendia os assuntos, mas sabia as letras, as palavras, e lia frases inteiras, para a alegria de minha mãe. Quando o amigo de meu pai nos visitava, ela pedia para eu ler alguma coisa. Era uma forma de pagamento, eu descobriria depois.

Nos anos seguintes, ajudei nas aulas com grande alegria. Estava me tornando professor. Não que eu quisesse isso. Os melhores professores não querem ser professores, eles apenas querem aprender, e como gostam de aprender acabam querendo que os outros também aprendam. Penso tais coisas agora; naquela época nem imaginava que seria professor. Era só uma diversão de criança. O menino sem pai que ocupava um lugar de pai para os demais meninos. Francisco João, um só e dois.

— Esse menino só pensa em estudar — minha mãe reclamava.

Mas eu pensava em outras coisas. Por exemplo, que não havia curso secundário na Paraíba. Terminei as primeiras letras e continuei lendo, mas sem poder frequentar escola.

Quando meu pai levou a primeira tipografia a João Pessoa, contratava meninos que sabiam ler e escrever. Então procurei o impressor da época e me ofereci para ajudar. Não falei nada para minha mãe e, no mesmo dia em que fui aceito, trabalhei um pouco para ver como era. Ser impressor é continuar lendo e aprendendo.

Enquanto não estava em nenhum curso, dominava a arte da tipografia.

Naquela primeira vez, cheguei em casa com a roupa e as mãos sujas de tinta. Contei para minha mãe que tinha arrumado um emprego. Minha mãe chorou, mandando, irritada, que eu lavasse as mãos. Todos os dias, no final do trabalho, eu vinha com as mãos limpas agora; lavava-as minuciosamente no serviço e, para ela, era como se eu voltasse da escola. Com o dinheiro que ganhava, ajudava em casa. Comprei alguns livros e já entendia bem os que meu pai lera. Quem pode ler os mesmos exemplares que o seu pai um dia leu não é totalmente órfão.

A minha infância foi curta. E como adulto entrei para a primeira turma do curso secundário, criado no ano de 1831. Eu tinha dezessete anos, lia e escrevia bem, ganhava o meu dinheiro, não me interessava pelas moças, não saía de casa. A clausura antes da clausura. A escola funcionava no antigo Colégio dos Jesuítas, e tinha uma cadeira de geometria. Ganhava mais três anos de estudo, e agora minha mãe ficava feliz quando eu chegava da escola, as mãos limpas, e me dedicava às leituras.

Mesmo tendo diminuído o nosso dinheiro, não nos faltava nada. Milagre que me intrigava. Uma família sem posses, na qual ninguém trabalhava, podia pagar os estudos dos filhos. Eu olhava com admiração para aquele amigo de meu pai que não deixara de nos visitar. Ele ocupava o lugar do morto. Pensei nisso e tive um pouco de vergonha. Mas me calei.

7.

Era apenas uma cabana. Agora que estava só, tinha que começar uma outra vida. Na idade em que se encontrava, com o corpo impróprio para o trabalho, já desgastado, pois mesmo sendo uma escrava liberta havia tido uma vida de servidão, ela devia fazer o caminho de volta. Estava se instalando em um casebre, retornando para a sua gente. Que não era sua.

Mãe e filha chegaram numa carroça, com os baús e a pianola. Como não tinham para onde ir, o dr. Manoel Antônio de Aragão e Melo arranjou para elas um casebre fora da cidade, onde moravam os pobres, os negros libertos, os mulatos em geral. Não pagaria aluguel, e poderia trabalhar nos subúrbios. Era o reconhecimento pelos anos de dedicação ao padre.

— A senhora sempre foi muito cuidadosa com ele — disse o dr. Aragão e Melo.

Era ali que passaria os seus derradeiros dias, no começo com a presença de Maria, depois sozinha. Sozinha não, ela pensou. Pois exigira trazer consigo a máquina.

— A senhora aprendeu a escrever nela? — perguntou o dr. Aragão e Melo.

Ela não respondeu. Ninguém mais precisaria dela. Ela não serviria para nada. Não criara uma vida melhor para ninguém ali. Iria com ela como uma forma de ter o padre ao seu lado.

A carroça com sua mudança não pôde chegar à cabana, que ficava em um beco muito estreito. O carroceiro e mais um homem levaram nas costas os dois baús. Mas havia agora a máquina. Às portas dos casebres do beco apareceram mulheres e alguns homens. As crianças se aglomeraram em volta da carroça para ver a nova moradora. Alguém deve ter espalhado que ela servira a um padre famoso. Mudava-se com algum alarde. Os vizinhos talvez esperassem uma grande mobília. Mas ali estavam os dois baús. E a pobreza da negra forra seria também um assunto para todos. Vinha sem nada. Mas era uma mulher instruída. Lia livros importantes. Sabia escrever. E de que adiantara tudo isso se só tinha aqueles pertences? Moraria num barraco sem móveis, dormindo em redes como todos eles.

Os novos vizinhos já teriam se desinteressado dela se não fossem surpreendidos pela máquina. Ela estava coberta por uma rede na carroça, para não pegar a poeira do caminho. Quando o carroceiro a descobriu, ouviram-se algumas exclamações de surpresa. Dois homens poderiam tranquilamente levar a máquina, mas vários se aproximaram da carroça. Alguém disse esperem um pouco. Foi até o fundo de uma casa e voltou com dois pedaços longos de madeira polida, que deviam servir para alguma atividade manual. Benedita não soube identificar o uso daqueles caibros roliços. As pessoas aguardavam ao redor da carroça.

As varas foram postas sob os pés da máquina e esta, erguida por quatro homens, um em cada ponta. A máquina oscilou e alguém gritou cuidado!, mãos surgiram para amparar o móvel. Não deixem cair, seus jumentos, um mulato disse. Os homens que a carregavam não riram, estavam compenetrados naquele trabalho. Benedita não entendia o que estava acontecendo, mas se sentia comovida. Maria, que arrumava os baús na cabana, logo voltou atraída pelo barulho da pequena multidão. A máquina se pôs em movimento, seguida pelos curiosos. Os homens a elevaram à altura dos ombros, apoiando neles a ponta dos caibros, e a máquina ganhou uma presença maior, dominando a pequena procissão que se formou. O movimento era lento e cuidadoso, a máquina balançava perigosamente, mas não houve o menor descompasso entre os homens, acostumados a carregar os andores nas festas religiosas.

A quantidade de pessoas seguindo a máquina foi aumentando. Benedita ia na frente, mas se voltava a todo instante para o povo em torno da máquina. Uma mulher mais velha do que ela se aproximou do andor e tocou a máquina com as mãos enrugadas. Isso foi o suficiente para que todos quisessem fazer o mesmo. A máquina quase caiu. Outros homens se aproximaram para protegê-la daquela forma de devoção. Os carregadores desceram o andor para ajeitá-la melhor sobre os ombros. Depois, com um cordão humano ao seu redor, seguiram até o casebre.

Demoraram muito mais tempo do que seria necessário, pois iam parando um pouquinho na frente de cada casa, de cada barraco, para que as pessoas contemplassem aquele objeto tão raro. A alegria se estampava nas faces dos moradores que tinham o privilégio de contemplar a pianola.

Quando o andor desceu na porta da nova morada de Benedita, todos começaram a aplaudir, numa alegria que a deixou assustada. Por que esta gente adorava tanto a máquina? Era a maior demonstração de carinho por ela. Nem mesmo na Corte, quando o próprio imperador a visitou, fazendo elogios à engenhosidade do padre, ela teve recepção tão calorosa, segundo lhe contara Azevedo. E foi preciso que ele morresse, que ela se mudasse para aquele lugar distante, em uma terra que não era a sua, embora ela estivesse acostumada a viver em lugares que não fossem seus, para que o invento recebesse algum reconhecimento.

Os aplausos só pararam depois de os homens levarem a máquina para dentro, deixando-a na cozinha que servia também como sala. Meninos se aglomeraram nas janelas. A porta foi tomada por olhos arregalados; todos queriam ver. Um dos carregadores pediu então que Benedita tocasse uma música para eles.

Ela se assustou com o pedido, compreendendo tudo. Mentiu que não poderia fazer isso, estava muito cansada. Num outro dia talvez. E começou um bochicho, as pessoas comentavam coisas que ela não compreendia, mas que podia imaginar. Essa negra está se achando muito importante só porque sabe tocar piano, quem ela pensa que é? É uma rejeitada. Por que não ficou no meio dos senhores? Deve ter feito alguma coisa feia. Acha que não podemos apreciar música de piano.

Aos poucos, as pessoas foram voltando para suas casas. E logo eram apenas ela e Maria. Ainda olhavam os baús fechados quando alguém jogou uma pedra contra a parede.

Nunca, naquele bairro distante, alguém a ouviria tocar qualquer música. E ela ficaria com fama de orgulhosa. Talvez nem saiba tocar, disse uma das vizinhas. Benedita mantinha a porta de sua cabana sempre fechada para evitar que algum menino entrasse e mexesse na máquina.

8.

— Morrer na minha cidade natal — foi a resposta que Azevedo deu a seu sobrinho, José Jerônimo Cirne de Azevedo Júnior, quando este perguntou o que ele queria. Estava licenciado dos trabalhos como professor, tinha sessenta e cinco anos, pouco dinheiro, mas alguns amigos se dispuseram a ajudá-lo, caso quisesse seguir as orientações médicas, uma temporada na Europa em busca de melhores climas e de novos tratamentos para seus problemas, uma paralisia crescente, o que fazia com que não movesse mais um dos braços e arrastasse a perna. Seria uma viagem de favor. As suas viagens estavam fadadas a ser assim. E teria que ocorrer na companhia de algum amigo, Benedita e a filha ficariam aguardando. Ele nunca as deixaria, mas não era só por isso que não aceitara seguir para o exterior. Achava já sem sentido. Esperara esta viagem a vida toda, e muitas vezes se via vagando pelas ruas de Paris, ou pelo centro de Londres, visitando escolas e oficinas, mas nada acontecera. Não queria chegar agora à Europa como um doente que viaja para se curar, para se curar de algo incurável. Melhor é fazer o caminho de volta. Desde o início, o caminho estava previsto. E ele sonhava fazê-lo o mais breve possível. Em João Pessoa, não tinha casa, nem mesmo parentes, mas ainda viviam alguns companheiros do tempo em que fora um revolucionário na Paraíba, logo depois de sua ordenação, o que lhe causara tantos transtornos, obrigando-o a voltar a Pernambuco e se estabelecer no Recife. Trocou algumas cartas com Manoel Antônio de Aragão e Melo, que lhe ofereceu hospedagem, para ele e para os seus. Iria experimentar os ares de sua terra natal, para ver se ela lhe devolvia um pouco da juventude passada ali. O seu clima não era benéfico como o da Europa, mas talvez a paisagem matinal o ajudasse a esquecer as lutas. A Remington já produzia comercialmente a sua máquina, ou uma máquina feita a partir da sua, e não havia mais razão para continuar tentando fundir o seu modelo aqui ou em outro lugar. A paternidade lhe fugira. Se o mundo não sabia quem era o principal inventor da máquina de escrever, uns poucos amigos e ele próprio sabiam. Isto bastava para que ele se pacificasse. Sua vida seria apagada mas contribuíra para a evolução das técnicas. A máquina não fora um sonho, só estava fora das possibilidades locais. Logo ela seria empregada em vários países e mesmo o distante Império se renderia. E muitas pessoas se dedicariam à escrita mecânica, ganhando a vida honradamente com trabalhos manuais. E, embora anônima, sua vida faria sentido. Foi portanto melhor ter a máquina roubada e saber que ela funciona e está sendo melhorada num outro país do que vê-la perecer aqui, sem nenhuma utilidade. O roubo é que a salvou. Ele perderia muito mais se ela não tivesse sido roubada. Deus proteja os ladrões das descobertas alheias, pois só eles sabem o valor de uma invenção. Não odiava o norte-americano que enfim dera sentido à sua existência. Toda posse intelectual é um roubo. Roubai-vos uns aos outros, era o mandamento da ciência. Sem roubo, não há progresso.

Pensava nisso enquanto seguia, de navio, à sua terra natal. Saí de lá sem nada; volto também sem nada. O corpo era pesado demais agora, mas isso não tinha a menor importância. Um quarto o esperava na casa de um amigo. Benedita e a filha seguiam com ele. A máquina também ia, como algo distante. Ela não era mais devir, apenas recordação. Animal único, não se reproduzira. Mas contribuíra para o surgimento de uma espécie que se multiplicaria. Na ciência e nas técnicas, só os altamente reproduzíveis têm vez, e o que um padre pode entender de reprodução?

— Maria é filha única? — perguntou Aragão e Melo, quando ele a apresentou.

— Benedita só teve esta filha.

O quarto em que ele ficaria era na própria casa. Benedita e a filha dormiriam numa construção nos fundos. À noite, Azevedo não tinha a quem pedir uma caneca de água ou um chá quando passava mal. Tossia alto, mas Benedita não ouvia, embora estivesse acordada, atenta a barulhos vindos da casa. Assim que nascia o dia, ela procurava o padre.

— Dormiu bem?

— Muito bem — ele mentia.

Mas ela via os olhos fundos, a caveira ganhando cada vez mais nitidez em seu rosto e em seu corpo. Ajudava-o a se levantar, a lavar-se, e o amparava a caminho da sala para o café da manhã com os donos. Benedita ia para a cozinha, onde conversava com as escravas.

— Eu devolvi você à senzala — Azevedo disse em uma de suas conversas íntimas no quarto.

— Um negro num país de escravos nunca deixa a senzala.

Ele sentia falta de ter Benedita sempre ao seu lado. Estavam ali de favor, e ela se via obrigada a ajudar nos trabalhos da casa, ela e a filha. Assim, pelo menos, podiam ficar próximas do padre, que passava o dia todo no quarto ou na sala, sem nada para fazer, olhando as paredes ou cochilando. Enquanto limpavam o chão ou ajudavam na cozinha, atendiam o doente, do qual se afastavam apenas na hora de lavar as roupas, de fazer alguma tarefa no quintal ou de dormir. À noite, ela esperava em vão um chamado do padre.

Estavam servindo a janta, naquele 26 de julho de 1880, e Benedita foi ao quarto ajudar o doente a se levantar, arrumá-lo para a refeição que seria feita na sala, com a família do dr. Aragão e Melo, e o encontrou caído no chão. Não a chamara no seu último instante. Morte tão discreta como a vida. Nenhum incômodo. O braço paralítico sob o corpo, a boca beijando as tábuas do assoalho, os olhos discretamente fechados. Sozinha, sem nenhum alarde, ela ergueu Azevedo, levou-o até a cama — seu corpo pesava pouco — e o arrumou da melhor maneira, cobrindo-o com o lençol. Depois avisou a família da morte do amigo, e todos se encantaram com a maneira suave daquele transe. Morrera dormindo.

Enquanto se velava o patrão na sala, Benedita ia e voltava para a cozinha, servindo café, doces, depois uma canja para as pessoas que vinham se despedir do amigo de Aragão e Melo, o padre que fora jovem para o Recife e se fizera um respeitado professor. Era o dono da casa quem recebia as condolências. Benedita e a filha trabalharam durante todo o velório.

Antes de o cortejo sair para a missa de corpo presente, na igreja da Misericórdia, na mesma rua Direita, e não na matriz ou na igreja de São Bento ou na de São Francisco, mas na igrejinha da Irmandade da Santa Casa de Misericórdia, pobre e discreta, o dr. Aragão e Melo fez um discurso referindo-se à importância de um idealista, e era isso o nosso bom padre, além de ser também um defensor dos órfãos, dos trabalhadores, dos estudos. Sempre acreditou nos estudos.

O corpo chegou à igreja carregado pelos amigos. Benedita e a filha ficaram organizando a casa, que voltava agora a ser apenas dos donos. Pretendiam ir embora logo que pudessem, talvez para o Recife, talvez ficassem por ali, mas em outra casa, trabalhando para alguma família, pois só dispunham de seus braços. Ela devia apenas ocultar que sabia ler e escrever, pois ninguém vai querer uma cozinheira ou uma arrumadeira que compreende o que dizem os livros.

Da igreja, o cortejo, agora bem menor, seguiu rua acima, passando pelo Colégio dos Jesuítas, onde Azevedo e Aragão e Melo fizeram o curso secundário. Tudo começara ali, naquele prédio do largo do Colégio. Era manhã do dia 27 e se ouviam as vozes de crianças nas aulas, e estas vozes devolviam o dr. Aragão aos tempos de escola, como se a trajetória dele e a do amigo morto estivessem apenas começando. Tudo é princípio. Padres, inventores, advogados, poetas e tantas outras profissões estavam surgindo todo ano naquele colégio. Cada um faria disso o que as suas forças permitissem. Um ex-aluno passava diante do lugar onde a sua vocação se manifestara.

O cortejo seguiu para o cemitério da Boa Sentença, descendo à direita, e pareceu aos homens que carregavam o corpo que este ficara mais pesado. Por isso entraram impacientes no cemitério, querendo se livrar da carga. Descendo agora à esquerda, foram até os túmulos coletivos da Irmandade da Santa Casa de Misericórdia, e o enterraram. Havia outras covas frescas, pois ali era o destino dos carentes. Ninguém fez discursos, e muitos saíram depois de o caixão baixar à terra.

No mesmo dia, no final da tarde, uma negra e uma moça mulata foram vistas chorando diante dos lotes da Santa Casa de Misericórdia. Elas não sabiam em qual deles estava Azevedo, e rezavam para o nada, como quem se dirige a alguém que nunca existiu.

9.

Órfã de um pai vivo, é isso que ela é, pensou Azevedo. Ali estava a sua filha, que levava somente o nome da mãe, pois o pai era desconhecido, embora todos o conhecessem. Ele argumentava consigo mesmo como uma forma de reparar não propriamente o erro, mas o medo, a covardia. Nunca pensara em descendentes. Era uma coisa que o apavorava desde a juventude, quando via os meninos pobres. A sua orfandade era leve, tinha a memória do pai, herdara a sua fama de revolucionário de 1817, de homem ligado às artes mecânicas, e podia se apoiar nisso. Mas quantos daqueles meninos que passaram por seus cursos teriam que suportar sozinhos a vida? Ele não queria ter filhos já antes de ter escolhido ser padre. Depois, a inconveniência de ser pai era tão grande que nem pensava em tal coisa.

Quando se mudou, em 1844, para a rua Larga do Rosário, onde ficou até 1849, ele ainda era jovem e não havia conhecido verdadeiramente a solidão, aquela solidão que só um amor pode revelar. Ele ia com frequência à igreja de Nossa Senhora do Rosário dos Homens Pretos, das irmandades de escravos e ex-escravos, praticamente na porta da frente de sua casa. Era andar uns poucos metros e já entrar na igrejinha com apenas uma torre, a outra não tinha sido construída por falta de dinheiro. Ele gostava de orar nos horários despovoados. Em vez de fazer as preces em casa, ia para a igreja, ajoelhava-se diante dos santos negros e cumpria as obrigações da alma. Nessas visitas como fiel, e não como padre, ele se encantara com as imagens dos anjos no forro da capela-mor.

Azevedo olhava longamente para cima, aproveitando a luz das vidraças, e estudava a feição dos querubins que entregavam o rosário a são Domingos. Ele os conhecia. Encontrava-se com eles nas ruas, nas escolas, nas igrejas. Os querubins representavam mulatinhos. E estavam ali, no teto da igreja, para dizer aos fiéis negros que os filhos nascidos de pais ou mães brancas tinham um lugar celeste. Amava mais aqueles querubins do que quaisquer outros, amava-os tanto que, mesmo depois de ter se mudado daquela casa, ele voltava à igreja para rever seus órfãos.

Mas não pensou neles quando soube da notícia trazida por Benedita. Teria que passar uns dias na casa de uns conhecidos, para resolver um problema, e baixou os olhos. Azevedo viu a barriga crescida e entendeu por que nos últimos tempos tinha encontrado a porta do quarto dela trancada. Um homem não deveria dividir a casa com uma mulher que não pudesse ser sua. Ela deixa cheiros na casa, na comida que prepara, faz barulho na hora de urinar no penico, e quando sai com ele, no começo da manhã, para atirar o conteúdo no quintal, o corredor todo anuncia um ácido erótico. No início, não pensava em Benedita como uma mulher, mas a presença de seu corpo, criando proximidades de sons e cheiros, fez com que aos poucos ele não a visse como outra pessoa, e sim como uma igual. A isso muitos chamam amor. Um amor que cresceu porque o padre não podia exibi-lo nem buscar paliativos.

Menos de um ano depois de ela habitar a mesma casa com Azevedo, os dois corpos já estavam se entendendo, sem que eles jamais tivessem conversado sobre a nova condição, como se ao tratar dela é que estariam cometendo pecado; enquanto só os corpos usassem a linguagem de encontros e de carícias não haveria nada de reprovável, era como acontecia desde o princípio do mundo. Fez-se o silêncio entre eles, até o corpo de Benedita pronunciar essa novidade, um filho. Saberiam depois, uma filha.

Na hora do anúncio, eles continuaram ignorando o fato.

— Precisa de alguma coisa? — ele perguntou.

— Não, mas terei que ficar os últimos meses fora.

Ele foi até o seu quarto e voltou com dinheiro.

— Não preciso de tanto — ela disse.

— É ainda muito pouco. Apenas para a viagem — embora ele não soubesse para onde ela iria.

E a palavra viagem abriu um fosso entre eles. Não se falaram mais até o dia da partida. Ele arranjara mais dinheiro, ela reunira numa trouxa os seus pertences, e ele foi até a porta para fechá-la.

— Você conhece alguém para cuidar disso?

Ela fez que sim com a cabeça, e os dois se constrangeram diante da palavra *isso*. Um filho era apenas um pronome? Cuidar significava o quê? Ele poderia cuidar do filho mulato de sua empregada?

Os meses sem Benedita, sem sequer ter notícias dela, sem saber onde ela estava, foram meses de paz. Ele não sofreu. Um patrão não pode pagar pelos erros de sua empregada. Dedicou-se com grande intensidade aos estudos que estava fazendo, preparou-se para concursos que pretendia prestar, leu os seus autores, e ainda cuidou da casa. Não sentia o apelo do corpo, era todo espírito. Andava até mais rápido na rua, mais confiante no seu papel de inventor.

Passando pelo largo do Rosário, sem pensar em nada, resolveu entrar na igreja. Assim que se ajoelhou diante do altar, ergueu os olhos e viu a imagem dos querubins. Segurando uma crise de choro, ele apenas pronunciou a palavra *filho*. Amara tanto aquelas crianças que uma delas descera ao vale de lágrimas. Teria o seu querubim em casa.

Desde aquele episódio na igreja Azevedo passou a esperar ansiosamente por Benedita e pela criança. Poderia renunciar às ordens eclesiásticas e ser um pai. Mas o seu filho não poderia renunciar à condição de fruto do pecado. Talvez o melhor fosse cultivar uma família secreta. Pensava mais nisso do que em seus inventos durante as semanas que antecederam a volta de Benedita.

Estava mais gorda, com uma alegria nova no rosto e uma criança nos braços. Uma menina embrulhada em panos alvos. Ele não perguntou o nome da filha de Benedita, não fez nenhuma referência à sua beleza, apenas sorriu para a menina. Durante a sua infância e a idade adulta só a chamaria de a filha de Benedita.

Mas agora ele estava morrendo, morrendo na casa de um amigo, pois não construíra nem uma família nem uma casa. Pediu a Benedita que o deixasse sozinho com a moça.

— Espero que você me compreenda — ele disse.

Maria estava sentada ao lado de sua cama.

— Não há nada para compreender.

— Eu não pude ser seu pai.

— E quem precisa de um pai?

— Um órfão não devia aumentar a orfandade.

— Vou me lembrar disso.

— Não falo de você, mas de mim. Eu devia ter tido coragem.

— O senhor teve coragem.

— Fui sempre tão covarde e todos chamavam isso de renúncia.

— Toda renúncia é bonita.
— Toda renúncia é uma mentira.
— A sua vida é tão verdadeira, padre.
Ao chamá-lo assim, ela colocava um final naquela conversa.

10.

A política nunca lhe interessou de verdade. O pai participara da revolução, requisitado por pilotar navios e poder assim prestar ajuda aos revoltosos que se levantaram contra sua majestade. Os conhecimentos marítimos e não as ideias revolucionárias é que levaram o outro Francisco João de Azevedo a ajudar o coronel Amaro Gomes Coutinho. O seu primeiro impulso tinha sido fugir. Colocou em seu navio os parentes e alguns amigos, juntou as coisas que dava para carregar, uns poucos móveis, o dinheiro que vinha guardando para mudar em breve de atividade, as roupas e os livros e levou tudo para o barco. Soubera da revolução por meio de outro marinheiro, o Recife já estava todo revolto desde o dia 6 março, a população se levantava contra os europeus. Nascido nos Açores, ele seria malvisto e sofreria as represálias, embora sua mulher, Ana Maria, fosse nacional. Melhor fugir para o Rio de Janeiro para avisar as autoridades da confusão que estava acontecendo ali. Com ele iria Francisco Inácio do Vale, que noticiaria oficialmente os fatos. Tudo que ele queria era tirar a família do conflito. Tinha amigos tanto entre os defensores de Portugal quanto entre os revoltosos.

Mas também tinha inimigos. Aprenderia que um estrangeiro é sempre um inimigo em potencial, e que é ele quem paga quando alguém tem que pagar alguma coisa. O coronel Coutinho foi avisado de seus planos.

— Para onde o piloto levaria este navio? — Coutinho perguntou, depois de invadir a embarcação com os seus homens armados.

— Uma viagem para Belém — ele mentiu.

— Parece mais uma mudança.

— Viagem longa.

— Não vivemos um tempo para viagens. Mas para cuidar das nossas coisas.

E o uso do possessivo incluía o piloto, seus familiares e amigos na revolução. Não era mais um estrangeiro, mas alguém da terra, um nacional, e ali estavam os filhos e a mulher.

— Podemos mudar a rota — ele disse.

— Precisamos proteger a costa.

— Este navio é para viagens.

— Mas temos as nossas jangadas.

Francisco João de Azevedo não sabia o que dizer. Proteger João Pessoa de um ataque marítimo com jangadas era uma tarefa inglória. Não teriam nenhuma proteção. Não poderiam transportar canhões. Mas, diante daqueles homens armados, de feições rudes e pele queimada pelo sol, ele não fez nenhum comentário.

— Estou às ordens do coronel — ele usava a primeira pessoa para tirar os parentes e amigos daquela obrigação.

— Todos querem a mesma coisa — decretou o coronel.

E, em vez de fugir, ele se uniu aos revolucionários. Carregaram seus pertences de volta, os vizinhos olhando com desprezo o retorno daquele estrangeiro ordinário, que só queria explorar a terra e evadir-se na primeira oportunidade. Fora um dos vizinhos que o denunciara. Os filhos pequenos do piloto tinham chorado ao deixar às pressas a casa e agora choravam ao retornar.

No mesmo dia, ele se apresentou ao novo governo. Estava ali para ajudar naquilo em que fosse útil. Agora, o coronel Coutinho tinha uma autoridade que não vinha dos homens armados que sempre ficavam ao seu lado. Ele falava de algo no qual acreditava.

— Sempre gostei do pai de sua senhora. É um defensor dos nacionais.

— Não quero envergonhá-lo — disse o piloto.

— Precisamos de alguém responsável pela Marinha.

A palavra Marinha era uma piada, pois tudo que eles tinham eram uns barcos de viagem e as jangadas. Nenhum vaso de guerra.

— Do que o senhor está precisando?

— De alguém que cuide do mar.

— Posso ajudar.

E o piloto então recebeu as ordens. Devia proteger a costa, criar condições de resistência para os rebeldes no caso de um ataque pelo mar. E foram designados homens para acompanhar o tenente (acabava de receber a patente) Francisco João de Azevedo.

Em balsas, passaram os dias seguintes procurando lugares estratégicos. Fizeram uma base no cabo Branco, onde instalaram canhões. E vagavam com as jangadas pelas praias onde poderia atracar algum navio inimigo — os navios sob as ordens da Coroa portuguesa.

Foram assim as suas semanas de oficial do governo independente, responsável por defender João Pessoa. Ouvindo rumores de que o Recife já estava cercado pela armada, ele redobrou a sua vigilância. Durante o dia e também durante a noite, os grupos de homens se revezavam no dorso das embarcações, espreitando tudo. Fazia já quase dois meses que a revolução começara quando ele avistou o inimigo, e se deu o único confronto marítimo da revolução na Paraíba. Mesmo sabendo que as forças reais sufocavam a revolta, o tenente Francisco João de Azevedo tinha uma obrigação com os rebeldes. Saiu então com seus homens em quatro jangadas, cercando a sumaca *Graça* e prendendo o seu líder, Francisco Ferreira Guizanda. Os revoltosos obrigaram a embarcação a seguir para a barra do Paraíba. Não houve tiros nem nada. Nenhum ato de heroísmo ou de raiva, apenas um funcionário cumprindo o seu papel e outro funcionário, do lado oposto, aceitando as ordens.

Quando chegou em casa aquela noite, e vendo a família reunida, sinal de que todos estavam inquietos, o tenente foi informado pelo sogro de que a revolução não duraria muito, o povo já estava cansado de tanta espera, e não achava assim tão ruim o domínio português, era apenas preciso dar menos poder aos estrangeiros. Diante desta palavra o tenente se sentiu envergonhado. Ele parecia aos outros um estrangeiro que se aproveitava das facilidades do país para enriquecer.

— Ouvimos também falar de uma luta no mar — disse Ana Maria.

Com seu corpo de lagartixa, a mulher se movia com muita disposição. E estava ali, falante, servindo o jantar do marido, na cozinha aquecida e iluminada pelo fogão.

— Apenas prendemos um navio.

— E por que essa tristeza?

— Porque fiz o que se esperava que eu fizesse e não o que achava que devia fazer.

— E o que você devia ter feito?

— Não sei.

Ela colocou o prato de comida na mesa, sentou-se ao lado do marido, que vestia as suas roupas civis. Nada mudara com a revolução, apenas trocava o seu trabalho por outro, agora sem receber nenhum soldo.

O tenente comeu com calma. Perdera a pressa. Tudo se resumia a esperar. Dois meses de preocupações, de ordens recebidas e transmitidas, de treinamentos militares, de pouca ação e muitas dúvidas. E se os rebeldes perdessem? O que seria dele? Tinha a mulher, os filhos, um pequeno patrimônio. Preferia cuidar de seus negócios. Se a derrota era certa, que viesse logo, pois não suportava mais a espera.

Dormiu bem aquela noite, depois de ter feito este pedido. E em 6 de maio ocorreu a rendição dos revoltosos, por se fazer insustentável o governo independente, sem o apoio do povo, preocupado com a sua vida particular, que havia sido suspensa. Não há entusiasmo que dure muitas luas.

Todos voltaram para as suas atividades, agora sob o comando da Junta Provisória de Governo, que substituíra os rebeldes.

A vida começava a ser como antes quando Francisco João de Azevedo acabou preso, dois meses depois da rendição. Seus inimigos aproveitaram o episódio do sequestro da sumaca e modificaram os fatos, denunciando o piloto. Só um revolucionário sanguinolento iria afrontar um barco com uns poucos homens armados, disseram contra ele. Havia servido a nacionais e fizera tudo com um espírito de ordem, como sempre. E agora era acusado de desordeiro.

Foram buscá-lo em sua casa. A guarda chegou no começo da manhã, quando ele se preparava para sair, em uma normalidade já distante das semanas de tumulto. Ele tinha ido visitar os novos administradores, oferecendo-se para ajudar na reorganização da cidade. Podiam contar com ele. E agora os guardas o prendiam. Os filhos choraram, sem entender a razão de o pai sair dali escoltado por homens armados.

— O senhor nos acompanhe até a cadeia. E nos entregue as armas.

Ele fez tudo em silêncio. Não era de se opor a nada.

Ao deixar a casa, os vizinhos estavam na janela, esperando a passagem do perigoso rebelde, que se valera da revolução para arranjar posições de comando. Um estrangeiro, um aproveitador. Não foi a julgamento. Passava os dias sem receber ninguém, por mais que a mulher e alguns amigos tentassem conversar com ele. Servia de exemplo a quem ousasse pensar em independência. Se ao menos fosse nascido aqui.

Nesse período, Francisco soube que perdera seus bens. A família teve que deixar a casa. Ana Maria foi para a casa de uns conhecidos com as crianças e depois para a casa dos pais.

— Estrangeiro não deve se meter em política — disse o pai dela, quando soube dos bens que o governo havia confiscado do ex-tenente das jangadas.

Ele seguiu para o Recife, junto com os outros réus responsáveis pela desordem nacionalista. Não se sentia confortável entre os demais; não tinha a chama revolucionária nos olhos e nas palavras. Queria apenas trabalhar, criar os filhos.

Mas se afastaria ainda mais deles, transferido para as prisões da Relação da Bahia, onde ficou até final de 1820, quando se comprovou serem infundadas as denúncias. Com a anistia, retomou seus bens e seu trabalho junto ao governo local.

Nesses dois anos e meio de prisão, os filhos se acostumaram com a orfandade. O pai era um nome que ouviam quase todos os dias nas conversas familiares, mas se esqueceram da feição dele. Quando voltou sem avisar ninguém, o cabelo comprido, a barba malfeita, a pele branca do muito tempo preso, a esposa chorou ao ser abraçada por aquele homem feio. Quatro anos depois, tendo continuado sempre muito atuante, estudando os problemas da cidade e propondo soluções, ele se foi, agora sem a menor possibilidade de anistia.

Mas os filhos já sabiam o que era a orfandade.

No futuro, o padre Azevedo vai dizer para Benedita que quem matou o outro Francisco foi a política. A política acaba com tudo que temos de melhor. A política nos faz ou ansiosos de glória ou criminosos. Ela mistura vitória e vergonha. Rouba-nos ou nos faz roubar. Mata o melhor em nós e daí nos mata.

— Você quis voltar à Paraíba por causa da morte de seu pai? — ela perguntou.

— Assim que terminei o curso em Olinda, voltei, pensando encontrar trabalho lá.

— Você tinha planos?

— Apenas ficar próximo do túmulo de meu pai. Procurei os amigos dele da época da revolução, todos da maçonaria. Eles me aceitaram no grupo, e enfim encontrei a família que eu não tinha tido, sentindo-me unido a um outro tempo.

— Você continuava a vida dele.

— Por isso a ânsia de aprender tudo.

— Quanto tempo você ficou na Paraíba?

— Pouco mais de três anos. Hoje é como se fosse um mês de descanso.

— Daí teve que vir para o Recife.

— As pessoas com quem eu me encontrava em João Pessoa, e que me prometiam cargos assim que conseguissem o poder, resolveram encurtar o caminho.

— Mais uma revolução?

— Uma conspiração. Uma emboscada para matar o presidente da província, Pedro Rodrigues Fernandes Chaves. Eu não sabia de nada. Mas eu queria o posto que me prometiam. Então, tive culpa.

— Ninguém pode se culpar por precisar de trabalho.

— Eles contrataram assassinos para emboscar Chaves numa viagem pelos engenhos do interior. Os homens erraram os tiros, o presidente sobreviveu, foi acolhido pelos fazendeiros, que colocaram seus escravos no encalço dos bandidos, logo presos, pois não eram da região, não conheciam os caminhos nem onde se esconder. Foram forçados a revelar os mandantes.

— Mas você não era um deles.

— Eram meus amigos, e fugiram. Só me restou fugir também. Fui acusado de simpatizante. Esses padres maçons, falavam, são todos revolucionários. Lembro-me de Francisco João de Azevedo, comentou alguém que nem me conhecia, foi tenente dos rebeldes de 1817.

— Confundiram você com seu pai.

11.

A questão religiosa faria com que Azevedo sofresse outra perda. Sentia-se mais próximo dos maçons liberais do que dos conservadores católicos, defendendo o progresso e a igualdade, não em discursos ou em ações políticas, mas na crença em formação técnica, estudo e artes. Suas atividades não incomodavam ninguém até seu nome sair numa lista de padres maçons publicada pelo jornal *A Verdade*. Eram tempos de tentativas de regeneração do poder religioso, a Igreja querendo corrigir os comportamentos desviantes do clero. Qualquer confissão pública era motivo agora de perseguição.

— Como um padre pode ter filho com uma ex-escrava? — disse o bispo dom Vital, ao se informar sobre o inventor.

Muitos serviam a dois senhores, e isso talvez fosse do caráter do povo. Ter filhos, ser inventor, participar de uma loja maçônica, defender o trabalho técnico e a evolução material do homem, tudo isso não significava negar os votos religiosos. Azevedo se sentia padre na hora em que era para se ocupar de suas tarefas religiosas, sendo outro em momentos diversos.

Com o fortalecimento dos jesuítas, protegidos pelo gabinete Rio Branco, e agora com a posse do jovem dom Vital, vindo da Europa com conceitos de pureza religiosa que aprendera na França, a liberdade diminuía.

Recolhido em suas tarefas operárias, Azevedo não tinha uma participação ativa na vida pública, embora não fosse indiferente a ela. Teria sido deixado em seu canto caso seu nome não figurasse entre os maçons pestilentos, como um artigo os qualificara. Então, preparara-se para os sofrimentos que com certeza viriam, pois ninguém deixaria um padre perigoso, não era mestre de muitos jovens?, professar as crenças demoníacas. Fora alertado pelos membros da loja Segredo e Amor da ordem: as represálias viriam e o bispo tudo faria contra aqueles que não pensassem como ele.

Não demorou muito para ele receber a ordem de procurar dom Vital Maria Gonçalves de Oliveira no palácio da Soledade. Eram os primeiros dias de dezembro de 1872. Sabia qual seria o teor da conversa. Os padres estavam sendo obrigados a deixar a maçonaria imediatamente. Com ele não seria outra a conversa do bispo. Apreensivo, subiu as escadas e entrou na biblioteca do palácio, encontrando dom Vital de costas para a porta, os seus cabelos negros e fartos. Tinha traços mais brasileiros do que Azevedo, embora o bispo não tolerasse a vida tropical. O visitante esperou por uns segundos, sem avançar nem se pronunciar. Havia sido anunciado pelo ajudante, que lhe abrira a porta da biblioteca e depois a fechara. Dom Vital devia estar meditando no que falaria, ou de que forma falaria, já que suas ideias eram bem conhecidas. Aqueles segundos se estenderam longamente. Então ele resolveu interromper o silêncio de seu superior.

— Senhor bispo — ele disse em um tom forte, para chamar a atenção.

— Quem está aí? — dom Vital perguntou, como não soubesse da presença do outro.

— Francisco João de Azevedo — quis dizer o nome todo para corresponder à formalidade do encontro.

— O padre ou o maçom?

Agora percebia a estratégia do bispo. Tudo não passava de uma armadilha para que ele fizesse a sua confissão prévia e assim a conversa se encaminhasse para o seu centro. Poderia responder que era o padre e o maçom, e isso seria enfrentar de maneira muito direta o seu superior. Poderia dizer: o padre, um servo do senhor. E estaria falseando a sua biografia, pois o que ele menos se sentia era padre, um homem preocupado somente com as questões místicas. Então resolveu insistir na mesma resposta, agora carregada de um sentido que antes ele não lhe dera.

— Quem está aqui é Francisco João de Azevedo — disse educadamente, com uma voz de submissão, embora a repetição fosse uma forma de orgulho.

Dom Vital se virou, pousando os olhos na visita, indicando que se aproximasse e se sentasse. Ele também se sentou, um pouco antes do padre, pois estava mais perto da mesa. Os movimentos foram feitos em silêncio.

— Senhor padre Azevedo — começou dom Vital —, o guardião do rebanho não pode se misturar com as reses.

A palavra *misturar-se* assumia ressonâncias vergonhosas para Azevedo. Ele tinha se misturado com Benedita. Podia significar isso, e com certeza significava, embora o bispo estivesse se referindo principalmente ao fato de um padre colocar-se entre os maçons. Ele não continuaria com a linguagem religiosa.

— Poderíamos tratar da questão que incomoda vossa excelência?

— Que me incomoda? O senhor padre acha que o fato de muitos religiosos estarem participando de sociedades secretas, defendendo os inimigos da Igreja, é uma questão pessoal?

— Não, não acho.

— Então o que o senhor acha que é?
— Uma maneira de o senhor ver as coisas.
— Não é uma maneira. É assim que Roma pensa.

E ele se virou para as prateleiras, com seus livros de encadernação gasta, apontando para eles como a insinuar que todos diziam a mesma coisa, não havia contradição entre eles. Eram centenas de livros e uma só verdade. O bispo queria a unidade. Nada foi dito, era apenas a interpretação de Azevedo.

— O senhor espera muito de homens.
— Espero o mínimo dos padres. Há uma recomendação do papa, estou aqui para exigir que seja cumprida.

A palavra papa criou uma distância ainda maior entre ele e o jovem bispo.

— Tenho devotado minha vida aos pobres e acho que isso também é cumprir o meu voto de sacerdote.
— A política nacional degenerou a Igreja.
— Não sou político.
— A política e a vaidade.

Azevedo olhou para as roupas velhas e para as botinas gastas que estava usando, depois para a riqueza dos ornamentos do bispo. Se havia alguém vaidoso ali ou com ambição política, não era ele. Mas não ousaria dizer isso.

— O que o senhor espera de mim?
— Que abandone a maçonaria publicamente. A partir de agora, nenhum padre poderá ter vida dupla.
— Tanto na Igreja quanto na maçonaria, meu objetivo é um só: ajudar.
— O senhor pode fazer isso apenas na Igreja.
— Eu não me sinto dividido. Em todos os lugares há o homem, há Deus, há o trabalho.
— Vaidade, já disse. Por vaidade insiste em seus inventos. A Igreja exige renúncia.

— Minha vida tem sido só renúncia.
— Uma renúncia pública às bobagens maçônicas.
— Não sei se posso.
— Por que não poderia? O senhor escreverá um artigo dizendo que se equivocou, mas que agora encontrou a estrada certa.
— Eu não me equivoquei, senhor bispo. Só sou padre por causa da maçonaria.

Dom Vital ficou em silêncio, talvez achando absurda a afirmação. O padre continuou.

— Sempre achei que tinha conseguido estudar por causa de um amigo de meu pai, um amigo que visitava minha mãe depois que ela ficou viúva. — O tema era vergonhoso demais para ser tratado assim, mas não havia outra forma de revelar os seus motivos.

— O que o senhor está querendo dizer?

— Bem, eu pensava que minha mãe recebia dinheiro em retribuição a favores que concedia. O senhor entende. Foi com tal dinheiro que vivemos depois da morte de meu pai. Não passamos necessidade, fiz as primeiras letras, terminei o curso secundário e pude me formar padre porque este amigo era um emissário da loja maçônica de meu pai. Os membros dela usavam parte do dinheiro coletado nas reuniões para nos ajudar. Na minha biografia não há contradição em ser padre e maçom.

— Mas não se trata aqui da sua biografia, e sim das recomendações do papa.

— Eu só possuo a minha biografia.

— Ela engana o senhor.

— Como maçom, sou fiel à minha história.

— O senhor deve ser fiel ao papa.

Dom Vital se levantou, indicando que a conversa se encerrara. Virou-se para a janela de onde vinha uma luz agressiva e, sem olhar para a visita, disse as suas últimas palavras:

— Padre ou maçom?

Ele repetia a pergunta inicial, mostrando que os argumentos de Azevedo não tiveram efeito. Era com esta determinação que se erguiam as instituições. Não havia o que fazer. Deixou o ambiente dos livros iguais — para que uma biblioteca se só havia uma verdade? —, desceu as escadas do palácio e ficou andando pelas ruas, um homem entre outros homens.

12.

A fábrica da Remington & Sons, na cidade de Ilion, no estado de Nova York, tivera início com um jovem que, sem poder comprar rifles, obrigou-se a construir um. E, se era para fazer, ele faria o melhor rifle que um artesão acostumado a lidar com aço pudesse produzir. Logo, toda a comunidade estava encomendando rifles a Eliphalet Remington. Fabricar armas num país sempre em guerra, com tantos caçadores, dera fortuna à família, que agora se dedicava também à produção de máquinas de costura e de implementos agrícolas. Seu prédio imponente e a quantidade de trabalhadores que os filhos do já falecido Eliphalet empregam indicam o desejo de crescer. A indústria do aço é a mais próspera nestes anos de 1870.

Foi com algum espanto que Philo, o filho mais velho do fundador, recebeu em seu escritório uma carta curiosa. Ela não vinha escrita à mão, como sempre acontecia, mas estranhamente impressa em letras maiúsculas e apresentava uma proposta. Um grupo de inventores criara uma máquina de escrita mecânica

— era nela que a carta fora escrita — e procurava quem estivesse interessado em industrializá-la.

    Philo meditou uns poucos minutos. A escrita poderia ser um negócio? Escrever não era apenas uma ocupação de escritores e jornalistas. Ali mesmo, na fábrica, havia farta correspondência. A democracia não existiria se não houvesse escrita. E as pessoas continuavam escrevendo cartas apesar do uso do telégrafo. Ele mandou chamar um dos executivos da empresa, Henry H. Benedict, e mostrou-lhe a proposta. Não falaram nada antes de Benedict estudar aquelas linhas. Eram agradáveis aos olhos e permitiam uma melhor compreensão do conteúdo. Sempre aconselhava às secretárias que a letra delas fosse a mais homogênea possível. Devia parecer que quem escrevia era a fábrica e não uma pessoa. Agora, estava ali uma possibilidade de escrita impessoal. Erguendo os olhos do papel para o rosto de Philo, e economizando palavras, ele disse que não perderiam mais do que umas horas ouvindo o que tinham a dizer aqueles senhores. Então que entrasse em contato com eles, ordenou Philo. A secretária de Benedict escreveu com sua letra redonda a carta ditada pelo chefe, endereçando-a a James Densmore.

    Em meados de fevereiro de 1873, James Densmore e George Washington Napoleon Yost desciam na estação de trem de Ilion com o invento que Densmore desenvolvera em sua fábrica em Milwaukee, em Wisconsin, a partir do projeto de Christopher Latham Sholes. Desde 1868, ele vinha aprimorando a criação de Sholes: uma máquina que escrevesse de maneira mais rápida e mais limpa do que a pena. Já havia produzido várias versões, destruindo as anteriores para aproveitar as peças, acrescentando sempre novos recursos, sugeridos por quem as usava. Eles tinham agora chegado a um modelo que poderia ser comercializado.

    Unindo-se ao hábil Yost, Densmore desistira ele próprio de fabricar a máquina. Yost convencera-o de que a empresa ideal para fundi-la era a Remington. Assim que chegaram a Ilion, instalaram a máquina no quarto do Small's Hotel, para aguardar Philo e sua equipe. Era estranho hospedar-se com uma máquina. Densmore a imaginara em escritórios, nas repartições do governo, nos jornais, nos postos de telégrafos, mas jamais em um quarto de hotel. Colocada naquele ambiente inusitado, ela perdia a sua força. Chegou a duvidar que pudesse interessar ao industrial. Depois de verificar que tudo estava funcionando, ele se sentou diante da máquina e escreveu uma carta para um de seus irmãos. Sim, o teclado que desenvolvera depois da sugestão de vários amigos permitia que os dedos trabalhassem com rapidez, e que os martelos das letras não encavalassem. Yost andava de um canto ao outro do quarto, esperando as visitas. Por uns instantes, Densmore imaginou que estivesse ali para apresentar uma virgem a velhos depravados. Deviam oferecer a jovem e também protegê-la. Vendê-la e resgatá-la.

Quando o grupo de fabricantes chegou, aumentaram as dúvidas sobre o sonho de ver máquinas incorporadas ao cotidiano das pessoas. Yost falava das vantagens, exaltando-se, e também explicava o longo processo de construção, as tentativas e os erros, o dinheiro já gasto, embora ele próprio não tivesse investido nada nem participado das fases anteriores; fora aceito no grupo havia pouco tempo. Ele falava da máquina enquanto elogiava a Remington, a mais próspera fábrica do país.

— Poderíamos ver a máquina funcionando? — interrompeu Benedict.

De forma serena, eles observaram Densmore escrever rapidamente algo que ele havia decorado sobre a ocasião, uma espécie de resumo do encontro. Philo e a equipe saíram do hotel logo depois da demonstração, pedindo um dia para pensar.

Um tempo quase insuportável. Densmore e Yost andaram pela vila, contornaram duas ou três vezes a fábrica, de fato era uma empresa muito próspera, visitaram propriedades rurais da região, e mesmo assim não chegava a hora. Quanto mais andavam mais o dia se estendia. À noite, depois do jantar, sozinhos no quarto com a máquina, eles evitaram falar sobre os resultados daquela viagem. Densmore escreveu mais uma carta a seu irmão, agora longa. Não enviaria essas cartas, mas precisava se ocupar de algo, provando para si mesmo ser impossível viver sem um objeto daqueles. Escrevia como que antecipando os tempos que viriam. Pôr a máquina em funcionamento era acreditar nela.

Quando o grupo de Philo voltou no outro dia, continuavam sóbrios. Não havia nenhum entusiasmo. Apenas informaram que, sim, podiam produzir a máquina, era tecnicamente viável, e estipularam um valor por peça e um percentual da venda de cada uma, pois, ao transferir o modelo para a linguagem do aço, os mecânicos teriam que fazer adaptações. Tinham direito de participar dos lucros.

Densmore e Yost não dispunham do dinheiro exigido pela fábrica, mas assinaram rapidamente o contrato, autorizando que o modelo de madeira fosse levado para as oficinas da Remington. De volta para casa, os dois amigos criaram uma empresa para a distribuição do novo produto. Vendendo participações de um negócio tão improvável, eles se endividaram, tendo ainda que esperar até o ano seguinte para que as primeiras máquinas começassem a ser oferecidas a um preço muito elevado, cento e vinte e cinco dólares, o que as tornava pouco populares.

A primeira máquina que Densmore recebeu se tornou a sua grande auxiliar. Ele escrevia para todos os conhecidos, para jornais e para vendedores, para políticos e jornalistas, apresentando a máquina pela carta escrita nela. Daí para a frente, até morrer, só usaria a pena para assinar o nome. Tudo o mais era escrito à máquina. Ele tinha que acreditar nela mais do que qualquer outra pessoa.

Não deixava de divulgar suas vantagens: permitia o dobro de

palavras por minuto em relação à escrita manual e dava aos escritores a sensação de produzir originais impressos (Mark Twain, assim que viu uma máquina na loja que eles abriram em Nova York, se tornou adepto), as empresas ganhariam tempo, as correspondências comerciais seriam mais sóbrias e ainda passariam a ideia de organização. As muitas cartas das primeiras máquinas foram os seus principais reclames publicitários. Não se falava apenas dela, ela se mostrava inteira na escrita. E a escrita se multiplicava em todas as direções.

A Remington nº 1 lembrava muito uma máquina de costura, por ter sido produzida por uma indústria especializada nisso, mas logo teria um aspecto mais leve, uma feição própria. Antes havia um problema a ser resolvido. O sucesso estava gerando uma confusão de direitos entre inventores, mecânicos e homens de negócios, os royalties sendo distribuídos entre eles, e a empresa responsável pela venda não conseguindo executar bem esta tarefa. Uma invenção nunca era um projeto solitário, fazia parte de uma cadeia que começava no primeiro inventor, que se inspirara em outras tentativas, abrindo-se para os acréscimos que não podiam cessar. A máquina não pertencia a nenhum deles porque pertencia a todos, mas era preciso evitar as disputas. Situação que só terminou quando Philo Remington, convicto do potencial da máquina desde o início, mas nunca demonstrando interesse, contratou os direitos de produção e comércio. Agora seria ele o dono absoluto da invenção que mudaria as relações com a escrita. Era a maior invenção depois da prensa móvel de Johannes Gutenberg.

Um invento só passa a existir quando adotado pela indústria.

13.

Vital Maria Gonçalves de Oliveira morreu no convento dos capuchinhos, em Paris, no último 4 de julho deste ano de 1878, de uma tísica na garganta, doença descoberta em sua volta ao Brasil. Havia saído daqui com a maior decepção de todas: as suas ideias de pureza religiosa não se aplicavam a um país de tantas misturas. Preso pelo governo imperial, a quem não se submeteu, pois seguia apenas as encíclicas papais, cumpriu uma parte da condenação; tendo sido inocentado, só lhe restava deixar o Brasil. Ele fez a viagem à Europa, onde tão jovem esteve como estudante e de onde tão jovem ainda retornou para assumir o bispado de Olinda, com um propósito restaurador. E ainda morre com a idade de Cristo, o que lhe dará mais força de mártir. Vagou sem dinheiro por uma Europa que era a sua verdadeira pátria, embora tivesse nascido aqui no Pernambuco, em Pedras do Fogo. Nossa pátria é aonde a nossa imaginação nos leva diariamente, é aquele lugar em que nos deixamos ficar em paz quando tudo nos atormenta.

E para esse seu lugar eleito seguiu o impetuoso dom Vital. Desembarcou em Bordeaux, foi em seguida para Londres, tendo visitado Marselha a caminho da Itália. Os jornais nos davam as viagens do frade, a sua busca de sossego no ambiente que forjou suas crenças. Só lá ele podia ser quem ele era. O jesuíta que não se deixa corromper pelos costumes de nossa terra pérfida. Desembarcou por fim em Gênova, foi de Florença a Roma, onde esteve com o papa. A sua luta o devolvia ao centro do mundo. E quem, como ele, era apenas um homem religioso deve ter se sentido realizado nestas palestras com o Santo Padre, comunicando a sua determinação em defender a Igreja dos malditos maçons.

Ficou o ano todo na Europa como judeu errante, de um canto a outro, hospedado em conventos: Paris, Turim, Lyon e depois nova estada em Roma. Quem mandava estas notícias para os nossos jornais? Talvez o próprio frade, para se mostrar em atividade. Ele se encontrava com os religiosos mais importantes do mundo. E daí vinha mais uma notícia. Deixara Roma e estava em Lourdes, e falavam que ele ganhava forças para seus trabalhos no Brasil, e depois um anúncio no jornal dizia que agora estava na Bélgica.

Ele chegou de volta ao Recife no começo de outubro de 1876, e a cidade toda comentou isso. Trazia uma missão secreta do papa, já livre da infâmia da prisão. Vinha outro homem, diziam. Encontrei-me com ele quando eu já era padre de novo. Ele estava muito magro, tinha no olhar todo o sofrimento desses anos, era de fato um mártir. A barba imensa. Os olhos fundos e arroxeados. Andava com a instabilidade de um velho, embora o velho fosse eu.

A cidade tinha preparado festas para o bispo. Saíram matérias nos jornais. O Recife gosta de festejar os seus, embora o tenha deixado partir preso rumo à Corte, onde a condenação foi amenizada. Ele teve que trabalhar durante o período da sentença, mas por fim ficou apenas retido na fortaleza de São João. Quem saíra assim voltava sob os aplausos de todos. Não fui hipócrita e não o procurei, mas nos encontramos no palácio da

Soledade, onde eu havia ido em busca de uma licença para cuidar de minha saúde.

Estendendo a mão, ele me disse: Bom dia, padre Azevedo. Eu respondi educadamente: Bom dia, senhor bispo. Como não havia ironia nesta saudação, ele a aceitou. Éramos dois velhos ali, embora ele tivesse a metade de minha idade. Não conversamos sobre as nossas lutas, sobre o decreto diocesano que ele assinou quando eu não quis renunciar publicamente à maçonaria. Aquilo tudo eram coisas tão distantes na minha vida e mais ainda na dele. Fiquei suspenso por um tempo de minhas funções, também cumpri a minha prisão, mas de uma forma inversa, ficando livre do sacerdócio. Se nunca valorizei muito a minha condição religiosa, quando a perdi me senti totalmente desprotegido. Não dependia dela a ponto de negar a maçonaria e a ciência, que para mim são quase a mesma coisa: crença naquilo que ainda não existe. Mas sofri muito. As pessoas continuavam me chamando de padre, e isso era mais um peso do que um consolo, porque me fazia lembrar que eu não era nem isso.

Agora, depois de um período curto no Rio, dom Vital voltava para um lugar que não era o dele. E nós dois estávamos ali, morrendo rapidamente. Encontrei-me pouco com ele depois da prisão e da Europa. Todos falavam de sua doença, já não tinha o ímpeto de antes, e ficava recolhido à diocese, lendo os seus livros, orando, talvez odiando intimamente os que o levaram ao cárcere, mas é mais certo que rezasse para nos perdoar a todos, sabendo-se morto, pois ele já chegou aqui morto. E foi morto que seguiu para a Europa, em busca das águas sulfurosas de Mont-Dore. Ele esteve em vários lugares: Toulouse, Marselha, Gênova, Florença, Bolonha, Loreto, Nápoles, Roma; quando viu que minguavam de vez as suas últimas energias, foi para o convento dos capuchinhos, onde morreu em casa.

Agora, querem que eu faça a mesma viagem para a Europa,

para me tratar. Se dom Vital não teve sucesso, ele ao menos morreu entre os seus, entre os homens de uma Igreja à qual serviu com heroísmo de alma. Nada tenho na Europa e eu morreria lá sozinho; prefiro permanecer entre os meus. Quanto mais perto de mim mesmo melhor.

Estou decidido a não aceitar a viagem ao exterior, mas quero seguir o mesmo movimento do bispo. O caminho de volta do bispo o levou à Europa, onde ele forjou suas convicções. O meu caminho de volta me levará a João Pessoa, onde meu pai está enterrado. Ser sepultado na mesma cidade que meu pai é corrigir para sempre a orfandade.

Não sei se alguém vai ler isto que escrevo na minha máquina inútil, mas quem matou dom Vital não foi a tísica. Eu não estive na praça Conde d'Eu, naquele 14 de maio de 1873, já estava velho demais para essas manifestações. Os maçons todos se reuniram lá e levaram o povo a odiá-lo; e ele acabou processado pelos homens mais grados da cidade, encabeçados por dom Francisco Baltazar da Silva, todos indignados com as ordens diocesanas para eliminar das irmandades os maçons, e éramos muitos e benquistos, porque sempre trabalhamos pelo povo. Quanto mais os maçons falavam dele, mais a turba se exaltava. E nem parecia que o acusado era um jovem bispo, e sim um criminoso. Da praça, saíram grupos para vários pontos da cidade, todos enlouquecidos pelas palavras acaloradas; alguns tomaram o Colégio São Francisco Xavier, e ele foi destruído. As pessoas arrancavam as grades de ferro, derrubavam portas, quebravam móveis, entrando para as salas mais íntimas. Quando chegaram à biblioteca, jogaram os livros no pátio. Um dos invasores pôs fogo em um livro e logo havia uma pira de obras religiosas. Para nós, os jesuítas é que estavam por trás das perseguições que dom Vital fazia aos maçons. Então era preciso atacar o colégio. Alguns padres foram derrubados, os móveis quebrados.

Outro grupo invadiu o jornal católico A União e destruiu suas máquinas. Eu talvez tenha sentido mais com isso do que com a queima dos livros, pois estragar uma tipografia era negar minha vida dedicada às artes manuais. Não importava o que escreviam aqueles tipos, o importante é que eram instrumentos de uma nova forma de trabalho.

Quem foi para o palácio da Soledade teve sorte diferente. Não porque ali houvesse guardas, ou fortificações, é que encontraram o bispo todo paramentado na porta principal. Sabendo do que acontecia pela cidade, ele não fugiu, não se trancou, antes mandou abrir portas e janelas e deixou tudo iluminado. Um dos maçons me relatou que parecia uma festa, o bispo pronto para receber as homenagens. O povo chegou querendo baderna, mas, diante da roupa do bispo e do palácio todo desprotegido, houve um esfriamento. Por uns segundos, ninguém disse nada, e o barulho de ondas furiosas foi se fazendo o ruído de brisa nas árvores. E dom Vital começou a discursar.

— Vocês querem invadir esta casa do Senhor. As portas estão abertas. Os que não quiserem usar as portas, pulem pelas janelas. Levem tudo. Quebrem as imagens dos santos.

E não se ouvia a menor contrariedade.

— Os que só se saciam com sangue podem vir em minha direção. Não farei nenhum gesto de defesa. Com umas poucas pauladas me matarão. É bom matar alguém. É bom matar um servo de Deus. E melhor ainda à noite. Peço que se adiantem. Subam os degraus com calma, para que ninguém caia e se machuque. O importante é que ninguém além de mim se machuque. Se vocês estiverem com receio de enfrentar o meu olhar, eu fecho os olhos para que possam cumprir o seu objetivo criminoso. De alguns dos rostos que estão aqui hoje eu talvez tenha uma lembrança das celebrações que fiz. Então, não quero reconhecer o meu assassino ou apenas o meu agressor. Podem ficar tranquilos. Não levarei comigo a *imagem de quem me atirar pedras ou paus. Continuarei até o fim com os olhos fechados.*

E neste momento se ouviu um pedaço de madeira caindo ao chão. Alguém deixou que o cajado escapasse das mãos, como se elas perdessem o ódio que comprimia a madeira. O barulho causou um pequeno sobressalto no grupo ao seu redor, como se tivessem tomado consciência do crime que estavam para cometer. Depois, outras armas (madeiras, barras de ferro tiradas talvez de uma das pontes e pedras) foram depostas. Dom Vital continuava de olhos fechados, ouvindo o barulho desta rendição. Poderia imaginar que as armas caíam aos seus pés, mas estavam mesmo ficando no meio do pátio. O bispo achou que era hora de falar com mais força.

— Vocês estavam, até aqui, a serviço do Anticristo. Agora, voltam à casa do Pai. Sejam todos bem-vindos.

Ele se virou para a multidão e seguiu para o interior do palácio, deixando a porta aberta, como se fosse um convite. Sentou-se em sua cadeira e ficou esperando a multidão. Mas o que viu foram apenas sombras se perdendo nas sombras. Mesmo as tochas que estavam acesas nas mãos do povo ficaram queimando solitariamente no pátio.

E logo por toda a cidade espalhou-se o Exército, contendo as manifestações.

Dois dias depois, no entanto, aparece um boletim convidando o povo para se reunir em frente à praça do Palácio, este protegido pelo Exército. O povo resolve seguir para o Ginásio Dramático, mas mal começam os discursos e chegam os soldados, recebidos a pedradas. As pedras que não foram atiradas contra o bispo são agora arremessadas contra os militares, que jogam os cavalos sobre as pessoas, atropelando muitas delas. Acabam então as manifestações de rua promovidas pelos maçons, mas a disputa continuará judicialmente.

Dom Vital, embora não tenha sido agredido nem mesmo por uma palavra mais rude, começou a morrer ali. Durante meses, não reconheceria o direito do governo em interferir nas decisões da diocese, não responderia aos ofícios que lhe foram encaminhados, cego na sua determinação de mostrar que a Igreja não se submetia. Em 2 de janeiro de 1874 foi preso e recolhido ao Arsenal da Marinha, no bairro do Recife. Dias depois, seria encaminhado ao Rio de Janeiro, onde cumpriria pena por insubordinação.

Depois a anistia, a Europa, o retorno a Pernambuco, o nosso encontro, a doença, a última viagem à Europa. Mas não me engano, fomos nós que o matamos. Eu com minha conferência no teatro de Santo Antônio, sobre Deus e Pátria. Ainda me lembro dos aplausos exaltados do auditório. Boa parte do povo que estava lá me aplaudindo tinha participado do levante contra dom Vital. Eu o odiava também.

Queria confessar nesta máquina que ajudei a matar dom Vital.

14.

A alma pétrea de nossas florestas
Um amigo do Brasil

Os nossos navios têm saído do porto do Rio de Janeiro com grandes quantidades de pranchões de várias madeiras, que são usadas nas indústrias europeias e norte-americanas. Na recente Exposição Nacional, as madeiras dominavam a lista dos objetos, revelando o orgulho de mandarmos para o exterior este produto que nunca acabará. Sempre foi assim. Mas no passado as nossas riquezas não eram nossas, eram de Portugal e, se nos revoltava o sentimento de exploração da Coroa portuguesa, ainda podíamos aceitá-lo pelo modelo político a que estávamos submetidos e do qual tanto custou nos libertarmos. Agora, as nossas riquezas nos fogem para países que falam a língua do progresso. E este novo idioma, basta observar os trens que circulam no país, é o inglês.

Analisemos a lista de madeiras publicada nas *Recordações da Exposição Nacional de 1861*, madeiras pertencentes àqueles que exploram as riquezas de nossas matas. São trinta as espécies que podem ser empregadas nos navios, esse meio de transporte importante quando o homem nacional não se contenta mais em viver apenas nos limites de sua pátria e de seu continente, conquanto estes sejam imensos. Precisamos de mais navios de passageiros, navios de transporte e principalmente de guerra. Não sabemos o que nos espera no futuro próximo, tantos interesses comerciais e políticos que põem nosso país em situação de disputa internacional.

Como é de conhecimento dos engenheiros, os navios fabricados no Brasil se destacam em relação aos fabricados em outros países; e há uma razão natural para sua qualidade. Mesmo que nossos equipamentos não sejam os melhores, que nossos funcionários não possuam habilidades especiais, o nosso material é mais resistente. Um navio construído com as madeiras do Brasil dura em média duas vezes mais do que aqueles feitos com as madeiras de outros lugares. Nossas árvores crescem em climas exigentes, em solos ricos, são desafiadas pela luta por espaço nas matas fechadas, contando com a força do húmus da floresta. Enfim, são madeiras adequadas ao mar porque forjadas em um clima tropical.

E estamos enviando esses produtos a países que talvez sejam inimigos, e em breve seremos atacados por navios produzidos com esta alma pétrea de nossas florestas. Enquanto os outros países usam nossas madeiras, nós estamos querendo construir navios de metal. A ideia do vice-almirante João Pascoe Grenfell, nosso vice--cônsul em Liverpool, é no mínimo estranha. Ele quer que o governo imperial construa corvetas de ferro. As chapas que serão usadas, com espessura de duas polegadas, serviriam para proteger os cascos dos disparos. É claro que o ferro protege mais do que a madeira, mais do que a nossa madeira de qualidade, mas como os marinheiros suportarão viver nesses navios de ferro no calor de nossos mares? Se nossas madeiras não servissem para a construção de navios, por que grandes potências mundiais estariam interessadas nelas para a construção naval? Ou os senhores acham que

Mauá, esse amigo dos bons negócios, pensaria em mandar para o exterior as nossas madeiras, se elas não tivessem este uso? Este artigo não quer ser contra a política comercial do país, nem contra o Império, sabemos da necessidade de novos aparelhos de guerra, mas não podemos fugir à nossa obrigação pública de mostrar que a preservação de nossas matas é uma ação estratégica para o Brasil, garantindo a nossa independência. Temos a melhor madeira do mundo, e ainda não acabou o ciclo deste produto, embora o ferro venha tomando tantos espaços. Enquanto as árvores estiverem em pé nas nossas matas elas serão uma força aliada. Vendidas aos mais diversos países, podem se tornar uma força inimiga.

Dom Pedro II leu este artigo no *Diário do Rio de Janeiro* e tomou nota em seus cadernos, lembrando ser urgente criar uma folha oficial, que expressasse as opiniões do governo, e que pudesse fazer oposição aos jornalistas que queriam cada vez mais dinheiro para não divergir das decisões do Paço Imperial. Por mais resistentes que fossem nossas madeiras, elas não atendiam a todas as nossas necessidades. O caso da porta do dique do Arsenal da Marinha no Rio de Janeiro era um bom exemplo. Fora feita de madeira, mas tinha apodrecido e agora era necessário fazer outra. Já havia conhecimento nacional para construir portas de ferro daquela dimensão, o que faltava era o produto, ficando mais fácil, mais rápido e mais barato mandar vir da Inglaterra uma estrutura pronta do que tentar armá-la aqui com o ferro importado.

Se temos madeira, também temos cupim, muito cupim, com uma voracidade que só os insetos tropicais sabem ter, e também com uma assustadora capacidade de reprodução. Recentemente, um dos telheiros do próprio Arsenal da Marinha fora rapidamente comido pelos cupins. Não era uma estrutura velha, e, não fossem os insetos que devoram toda a madeira que encontram diante de si, ele poderia ter durado décadas. Mas os cupins não respeitam nem mesmo as madeiras de mais cerne e avançam sobre elas como sobre um bolo. O telheiro quase todo comido, só casca, tivera que ser jogado ao mar, e vieram as despesas para pôr outro no lugar.

Nos trópicos, tudo estragava muito mais rápido. Tudo envelhecia de maneira muito mais veloz. Ele mesmo, que não tinha ainda quarenta anos, já se sentia um ancião. Nem se fôssemos feitos de ferro suportaríamos a vida aqui, e no entanto somos feitos de madeira.

15.

A página toda estava tomada pela letra x, com muitas falhas de impressão, mas com uma nitidez e com uma profundidade no papel que denunciava: A. havia batido com muita força esta mesma tecla. Cobrir todo o papel com uma única letra era uma irritação exagerada num homem que sempre aceitara o que acontecia em sua vida; o que não acontecia em sua vida. Ele foi alguém que não existiu, e ela só percebeu isso depois de vê-lo morto, as mãos postas sobre o ventre, sem nenhum desejo de ficar ali, mas também sem ameaçar um movimento. Era como se sempre tivesse vivido como um morto, inerte embora se movesse tanto para todos os cantos da cidade nas suas muitas tarefas. Não exigia nada de ninguém, nem mesmo revelava seus desejos, seus gostos mais pessoais. Lembrou-se então de que não sabia de que tipo de comida ele mais gostava. Quando falava em cozinhar algo, perguntava o que o senhor padre queria e ele respondia que apreciava tudo. Este gosto tão amplo era uma forma de esconder-se. Não forçava nada para que suas ideias e seus interesses triunfassem; preferia a sombra, a renúncia, o triunfo do outro.

Então, ao apertar demais a tecla, e com tal insistência, ele revelava um ódio que ela nunca vira se manifestar de outra forma. Uma letra repetida assim numa folha era uma maneira de brigar com o mundo. De gritar em silêncio. Nunca deixara de insistir, é bem verdade, mas fazia isso contra si mesmo. É preciso ir até o fim, ele dizia nos momentos de desânimo. Benedita jamais perguntou a que fim ele se referia. O da vida humana, para ganhar a vida eterna? O de suas lutas pela valorização dos órfãos, o de sua defesa do trabalho manual ou o de sua crença na modificação do homem? Ficara com aquela frase. É preciso ir até o fim. Então, esta era a sua forma de brigar. Ir até o limite das coisas, mas sem se impor. Ele tinha começado a bater a letra x bem no alto da página e fora até o extremo inferior da página. Parecia que fizera isso em dias diferentes. Como se cada vez que estivesse muito irritado com algo, a ponto de cobrar do mundo aquilo que não lhe foi dado, ele colocasse a mesma folha na máquina e apertasse insistentemente a mesma tecla. Aquele pedaço de papel era o lugar onde ele se escondia nas horas de desânimo. Não passava de um borrão, ela pensou, lembrando-se imediatamente de outra frase de A.: a alma humana é só escuridão. Ali então se encontrava a alma dele. A alma da máquina. Uma folha cheia de letras x, umas sobre as outras.

Quando estava queimando os papéis do padre, ela salvou esta folha sem saber o motivo. Havia tantas outras que podiam ser guardadas, por que esta? Talvez pelo seu negrume. Ou pela estranheza de ver aquelas rasuras em meio a tantas páginas caprichosamente escritas, à mão ou à máquina. Ela tirara a folha sem pensar, guardara-a no meio das outras e agora, na solidão de sua cabana, quando a filha já se casara e partira, e lhe restam apenas a máquina, aquelas folhas e as lembranças, ela pensa que este borrão resume a vida de A.

As vistas de Benedita já estavam tão fracas que ela tinha que sair no quintal, nas horas de sol, e esticar ao máximo o braço, para ver a folha. Era como se A. não conseguisse ir além. O x seria o fim. Ele queria outro fim. Vencer esta letra. Coitado, ela pensou, deve ter sofrido muito mais do que pude perceber. Ele não reclamava, mas o seu corpo foi reclamando por ele. Primeiro, ficou muito cansado. Depois, as paralisias. Perdeu os movimentos de uma perna e de uma mão. Andava como um aleijado. Ele tinha todas as partes do corpo, mas algumas delas não podiam funcionar. Não conseguiria mais usar o seu invento. Nem melhorar a máquina. Só uma das mãos era agora sadia. Talvez tenha sido neste momento que bateu aquela letra na página, que a encheu com um fragmento apenas do alfabeto.

Uma moça que morava na vila e que se fizera amiga de Benedita depois da partida de Maria, e que aprendera as primeiras letras em casa, perguntou, ao observá-la a olhar para aquela folha:

— A senhora está tentando ver o que está escrito debaixo destas manchas?

Não eram manchas. E nada havia sob elas, tinha estudado a página tantas vezes, já pensara em todos os seus sentidos, apenas guardava um amor àquele pedaço de papel que era o seu tudo.

— Estou apenas olhando.

— Deixe que eu olho para a senhora.

A moça ignorava a sua vontade de ficar ali, no silêncio de sua vida de velha, somente na companhia da página repetidamente preenchida. Pegou a folha e aproximou bem dos olhos, não por problemas de visão, mas por limitação de leitura, e ficou mais de um minuto estudando aquele estranho documento.

— Pensei que fosse uma carta de amor — ela enfim disse para Benedita.

— E é.

— Não é nada.

E ela continuou tentando entender aquela página, tão rasa e tão profunda.

— Quando eu aprendi a escrever, quase não conseguia desenhar o x. É uma letra difícil. Vendo assim, parece que quem escreveu isso não tinha dificuldade.

— Foi uma máquina.

A moça riu.

— Eu vi uma máquina a vapor trabalhando — ela disse.

Benedita permaneceu em silêncio.

— Parecia uma santa.

— O quê?

— A máquina a vapor parecia uma santa. Dessas santas milagreiras. A gente pede algo e elas fazem. O homem pôs a máquina para funcionar e ela ficou trabalhando para ele. Fazendo o que ele mandava. Ele dizia, moa a cana, e ela moía. Moa mais, e ela moía mais. Era perigoso. Eu fiz o sinal da cruz e falei que só podia ser coisa de Deus, porque queria evitar pensar no demo. Então, acho que as máquinas se parecem com uma santa. Mas nunca vi uma máquina escrevendo.

— Tenho que entrar — Benedita disse, estendendo a mão.

A moça não lhe devolveu a folha, e voltou a se concentrar nas tentativas de escrita.

— Veja — ela disse.

Mas o papel estava tão perto daqueles olhos que ninguém mais poderia ler nada. Ela começou a soletrar algo.

— His-tó-rias-de-meus-in-ven-tos.

— É o que está escrito aí?

— Sim, embaixo dos x. Meio apagado, mas dá ainda para ler. E tem mais... Um nome. Fran-cis-co-Jo-ão-de-A-ze-ve-do- -Fi-lho.

— Ele escreveu *filho*?
— A senhora conhecia este homem? Ela não respondeu e, num salto, tomou a folha das mãos da vizinha, que levou um susto e gritou o nome de Nossa Senhora, saindo irritada para a sua casa. Benedita estava perdendo uma das suas últimas companhias. A jovem ficaria com medo de voltar a falar com a velha louca, que lia um papel em que não havia quase nada escrito.

Como ela não vira as outras letras? Olhou a folha de novo e continuou não vendo as palavras. Mas ninguém sabia o nome completo de A. Ela não falava sobre este assunto. Não poderia dizer que tinha sido mulher dele. Ela também apagara o seu nome. Então se a vizinha identificara o nome ali era porque estava mesmo escrito. Benedita é que não enxergava. E se a vizinha soubesse algo dele, não descobriria que o nome incluía aquele Filho sempre oculto. No seu interior, A. se via ainda como Filho, não queria ser a repetição do pai; desejava ser um nome inteiro.

Com os seus passos cansados — as pernas inchavam muito agora —, ela voltou para a cabana. Trancou as portas e as janelas. Acendeu a lamparina em pleno dia, e ficou no quarto. Descobriu a máquina, posta agora ao lado de sua cama, e viu que faltavam já algumas letras no teclado. Ela desconhecia o destino delas. Mas a letra x ainda estava lá.

Colocou a mesma folha na máquina e bateu várias vezes aquela letra. Não saía nada, pois não havia tinta, mas era como se ela estivesse revivendo o tempo em que via A. trabalhando.

Depois de ficar imóvel alguns instantes, observando a chama da lamparina dançar, movida por uma corrente de vento que entrava pelas frestas na parede, ela retirou a folha, sentou-se na cama e disse que precisava fazer aquilo que não fizera alguns anos antes. Com a folha na mão, aproximou-a da lamparina, como se fosse cobrir a chama. O fogo começou pelo meio do papel e foi se alastrando rapidamente.

    Naquela noite, no fogão da cozinha, ela queimaria os papéis que salvara, até mesmo as gravuras de A.

16.

Yost saiu da casa de padre Azevedo naquele inverno de 1870 com a certeza de que estava diante de uma oportunidade de ganhar dinheiro. Homens de negócios sabem reconhecer essas possibilidades. Não era um inventor, embora tivesse desenvolvido instrumentos agrícolas, principalmente para as lavouras de algodão. Foi este interesse que o trouxera ao Recife, onde tentava vender equipamentos para os produtores. Se havia desenvolvido alguns objetos, não podia se considerar um inventor; era apenas um casamenteiro, que unia pessoas cujos interesses pudessem gerar frutos. Um bom casamenteiro nunca fica em casa, está sempre viajando, conhecendo lugares, com uma gulodice por tudo que seja diferente. Esta sua curiosidade o levara a procurar o padre inventor, que desenvolvera uma máquina de escrever. Ele já conhecia as várias tentativas, em seu país, de produzir uma máquina para este fim, o que indicava que a escrita mecânica era uma necessidade do tempo. Seu amigo Densmore estava patrocinando um projeto semelhante, e vinha despendendo muito dinheiro para pouco resultado. A máquina em que ele trabalhava, segundo soube, não apresentava grandes progressos. Seria uma ironia se ele encontrasse aqui a solução. Viera ao Brasil para oferecer as novas invenções. Este era um lugar para vendas, e não pensava deparar-se com algo que pudesse ser levado aos Estados Unidos. Foi ao encontro do padre com um sentimento de coisa grande e também de frustração. Poderia ser a sua chance ou não ser nada. Mas um homem de negócios é antes de tudo um jogador, está sempre acreditando que a nova partida pode levar à fortuna. Um jogador sabe que tudo é questão de tempo, a qualquer hora acontece o milagre. Jogadores são grandes crentes, vivem na esperança de uma manifestação divina. Por isso não ignoram sinais. Yost foi à casa do padre, a primeira vez na companhia de Frederico Albuquerque, o amigo recente que lhe anunciara a existência da máquina. Ao chegar à casa do inventor, modesta demais para um homem da ciência, ele teve uma sensação ruim. Não encontraria ali a solução para a escrita mecânica. Estava acostumado a frequentar os lugares de trabalho dos inventores, as oficinas tinham sempre um aspecto de universo sendo construído, com muitas peças soltas, com gente trabalhando, inventos em processo de fabricação. A casa do padre era modesta e ordenada demais. Eles se sentaram em bancos, uma empregada negra trouxe um café, e logo o padre apareceu.

Era um homem frágil, com o aspecto doentio, de quem sofre de algo que ataca todas as partes do corpo e não apenas um órgão, tipo físico tão comum em terras onde a velhice chega bem antes da velhice. O padre foi simpático, trocou alguns elogios com Frederico Albuquerque, cumprimentou com alegria Yost, perguntando da vida nos Estados Unidos. Falaram sobre indústria e prosperidade. Para o estrangeiro, o padre devia se mudar para lá.

— Já estou muito velho — ele respondeu.

— Ainda tem muitos anos pela frente — disse Albuquerque, com uma certeza tão entusiasmada que revelava a sua falta de convicção.

Depois disso, a conversa morreu. Mas Yost era hábil e seguiu por outro caminho.

— O senhor padre nasceu aqui?

— Ninguém resiste ao encanto de falar do lugar onde nasceu, de recordar o passado.

— Não, na Paraíba, em João Pessoa.

— Estive lá, produzem muito algodão. E o senhor estudou onde?

Por uns minutos, o padre se entusiasmou falando de seus anos de estudante, da vinda para Olinda e depois para o Recife. Recordou também os professores, as aulas.

— E de onde veio o seu amor pelas invenções?

— O senhor vai julgar engraçado, mas acho que veio de minha infância pobre.

— Como assim?

— Vivi num mundo tão carente de objetos que achei que era minha obrigação multiplicá-los.

Yost olhou a casa quase sem móveis, descobrindo a máquina num canto da sala; Benedita acabava de tirar o lençol que a protegia. Tinha a madeira polida, indicando que o padre não descuidava de seu invento.

— E ali está o maior acréscimo que o senhor fez ao mundo das mercadorias — disse Yost.

— Um acréscimo secreto — respondeu Azevedo.

— Não tão secreto assim, pois estamos aqui por causa dele — disse Yost, olhando para Albuquerque.

Este completou o elogio:

— Muitos sabem da genialidade do nosso padre.

Azevedo corou. Era apenas uma pessoa com habilidades manuais, um bom observador, alguém que comparava as coisas. Estes seus atributos, mesmo num país longe do mundo, não eram tão raros. Talvez a sua obsessão é que o tivesse levado àquela invenção, a que mais aprimorara das muitas que fizera e que se perderam ao longo da vida.

— Poderíamos ver a máquina funcionando?

O padre se levantou com dificuldade, sem falar nada, e foi até a máquina. Só quando ele sentou numa cadeira que retirara da mesa de jantar é que os visitantes se aproximaram.

Ele ergueu a tampa, já havia um papel colocado ali, e pediu para que eles ditassem alguma coisa, na cadência natural de suas vozes. Albuquerque é que teve que falar algumas frases, pois o português de Yost era lento, o que não permitiria que se demonstrasse a rapidez da escrita.

Ao final, e recebendo como presente a folha preenchida com letras maiúsculas, Yost mostrava uma alegria quase infantil. A máquina funcionava. Era esteticamente antiquada. Não poderia se parecer com um piano, tinha que ter uma feição própria. Devia ser menor também. Para não ocupar tanto espaço nas empresas e nas casas. Um móvel mais compacto. Sua cabeça já estava trabalhando nas modificações.

— O que o senhor acha? — perguntou Albuquerque.

— Uma maravilha. Perfeita — mentiu Yost.

E Azevedo esboçou na face uma jovialidade que estava cada vez mais difícil de se manifestar. Voltaram a se sentar e começaram uma conversa que o casamenteiro Yost sabia muito bem conduzir.

— O senhor e a sua máquina têm que me acompanhar aos Estados Unidos.

— Temo não ter forças.

— Terá, sim. Esta máquina encontrará logo quem a fabrique. Eu conheço muita gente. Vou escrever a eles.

Ao deixar a casa de Azevedo, Yost tinha certeza de um grande negócio. E de que seria muito fácil levar a máquina. Nas semanas que se seguiram, ele ia sempre dar notícias ao padre. Estava negociando com uns amigos, que manifestaram interesse. Uma mensagem chegara pelo telégrafo, queriam conhecer a máquina. Perguntava quando o padre poderia viajar, e então combinavam uma data. Na outra visita, nova notícia. O visitante tomava o cuidado de comunicar uma única coisa de cada vez. Agora, um fabricante queria ver o desenho. O padre entrega a ele a edição de *Recordações da Exposição Nacional de 1861*.

— Ela está muito diferente hoje, mas dá uma ideia — Yost disse, olhando a gravura.

No outro encontro, revelou que havia conseguido dinheiro para a produção, mas o financiador queria mais detalhes sobre o invento. A cada visita, ele pedia que o padre explicasse o sistema. No hotel, agora parara de viajar pelo interior, desenhava tudo. E, trazendo sempre uma notícia nova, o que demonstrava que as negociações estavam indo com grande rapidez, ele pedia para o padre elucidar melhor isto ou aquilo. Chegaram a desmontar a caixa da máquina para ver como era o seu interior.

— O senhor deve se preparar para a viagem — disse Yost.

Embora sofrendo com a possibilidade de Azevedo partir em breve, Benedita estava feliz. Foi preciso um estrangeiro, e ela sempre odiara os estrangeiros que só queriam enriquecer no Brasil, justamente um estrangeiro para, no final da vida do padre, salvá-lo do anonimato.

— Vou comprar vestidos para você e para Maria — ele confidenciou uma noite.

— Talvez você nunca volte — ela disse.

— Se não voltar, mando buscar vocês.

— Uma escrava não viaja a outro país.

— Então eu voltarei, porque o escravo sou eu.

E eles quase não reconheceram, naquelas noites de entusiasmo, a ânsia dos dois corpos já esquecidos dos lugares aonde poderiam ir juntos. Eles foram e voltaram algumas vezes, sempre depois das visitas de Yost.

Inicialmente, receberia dez mil dólares. Era tanto dinheiro que padre Azevedo imaginou que enfim compraria uma casa, para que Benedita e Maria não passassem por dificuldades depois de sua morte. Revelou isso para a sua mulher, mas ela mudou de assunto. Ele já tinha uma casa. Uma casa escura e acolhedora, onde podia se abrigar do mundo. E fizeram amor mais uma vez, na cama estreita de Benedita.

A indústria mandaria um técnico avaliar a máquina, e isso fez com que Azevedo se dedicasse a revisar todo o sistema, corrigindo alguns problemas menores, melhorando o aspecto das teclas.

Mandavam perguntar se o inventor não tinha nenhum plano de construção da máquina. E Azevedo mexeu em seus baús, organizou alguns desenhos. Não chegavam a ser uma planta da invenção, apenas anotações que poderiam dar uma noção de como a ideia fora crescendo para, da máquina taquigráfica, surgir a de escrever. Ele entregou os papéis a Yost.

Foi a última vez que o viu. Soube depois que ele tivera que visitar umas plantações de café no Rio de Janeiro. Voltaria assim que fizesse este trabalho. O técnico estrangeiro nunca aparecera. Não houve mais nenhuma notícia.

Cinco anos depois, alguém trouxe um jornal sobre o grupo que criou a Remington nº 1, e lá estava o nome de um dos inventores, George Washington Napoleon Yost. Havia uma imagem da máquina, toda de ferro, com uma base que lembrava as máquinas de costura. Não era a sua máquina. Apenas uma bisneta bastarda dela.

17.

Zumbia muito. Tudo começara como um barulho mínimo, vindo de sua mente, como se insetos se debatessem em seu ouvido. Seu quarto ficava no extremo do corredor e isso não permitia que ele identificasse a rotina da casa. O silêncio o obrigava a ouvir mais e mais intensamente os ruídos que cresciam no seu interior. Era um vazio. O vácuo zumbia nele, enlouquecendo-o. Fechava os olhos e o barulho crescia. Abria os olhos para o quarto escuro e ainda assim ele estava ali, bem dentro dele, como um motor, um sorvedouro. Gostaria de enfiar a mão dentro da cabeça e retirar os invasores. Podia quase ver os insetos. Eram cigarras, agora tinha certeza.

Ou talvez fossem grilos. Uma invasão de grilos que tomavam conta do quarto, e que tinham se alojado em seus ouvidos. Talvez trouxesse grilos na boca, no nariz. Tentou cuspir esses insetos. E tudo que conseguiu foi tossir, uma tosse encatarrada, obrigando-o a cuspir na escarradeira ao lado da cama.

Não eram insetos visíveis, ele sabia agora. Tão minúsculos que não podiam ser vistos, mas estavam por tudo. Esperaram anos para atacá-lo. Alojaram-se ali naquela casa, na sua cidade, esperando o seu retorno. Podiam agora aproveitar. Era o melhor momento.

Passou a mão pelo lençol que o cobria e sentiu partículas farelentas. Eles estavam nas tábuas do forro, nos caibros que seguravam o telhado, e comiam tudo. Aquilo que caía continuamente sobre ele eram fezes de cupins, tinha visto isso ao longo de toda a sua vida, como se fosse sempre perseguido por eles. Todas as vezes que se levantava, ia para o chão uma quantidade imensa de pequenos grãozinhos negros. Os cupins estavam comendo a casa. Tinham começado pelas madeiras do telhado, depois desceram pelo forro, logo estariam nas portas, nas camas, no assoalho. Eram os grandes operários do nada. Eles trabalhavam sem parar, escravizados por uma fome sem fim. Por isso ouvia o zumbido. Então ele riu, não havia nada dentro de sua cabeça, apenas ouvia a voracidade dos cupins. Eles sempre estiveram ali, esperando. Sua face ganhou novamente uma feição dura. O forro e o telhado cairiam sobre ele, soterrando-o. Os cupins não parariam diante de nenhum material. Comeriam madeiras de lei depois de se fartarem com as madeiras brancas. A. seria soterrado pelas fezes deles.

Os cupins comeriam tudo. Comeriam primeiro a casa, depois a cidade, comeriam os navios de madeira mas também os de aço, comeriam os equipamentos fotográficos, para se saciarem depois com as fotos, com todas as fotos, comeriam os jornais do Recife, todos o jornais do país, comeriam as igrejas, os engenhos, e comeriam as pessoas, e tudo voltaria a ser uma imensa selva, árvores cresceriam onde hoje há cidades e plantações. Os cupins comeriam depois a si próprios. Mas, antes de se banquetearem entre si, eles o comeriam.

E já haviam iniciado. O zumbido que ouvia não vinha do teto, das madeiras perfuradas pelas garras desses insetos, não vinha das tábuas do chão, nem da estrutura da cama, o zumbido vinha de seus ossos. Se ao menos comessem apenas a carne, a parte putrescível, mas os cupins ignoravam isso e atacavam os ossos. Sentia que eles agiam em todos os lugares ao mesmo tempo. Não escolhiam um fêmur, por exemplo, e começavam por ali. Não queriam dar tempo. Eles tinham muita pressa. O zumbido vinha de todo o corpo. Ele os sentia nos dedos do pé, nas costelas, nos braços. Os cupins já acabaram com o mundo, só sobrara aquele corpo para alimentá-los. Tudo restará coberto por fezes pretas e redondas e pequeninas. Assim será o Juízo Final. Um mundo com estrume de inseto, para que se fertilizem novas florestas.

Podia ainda reagir, em vez de ficar ali deitado; correr pela cidade que não existe mais, correr até o mar. Sentia uma saudade urgente das águas do mar, para afogar esses cupins que estavam dentro dele. Então A. se levantou, agora o barulho era muito mais intenso, parecia a engrenagem furiosa de um motor, e tentou os primeiros passos de fuga, sentindo os seus ossos se desmontarem, como um telhado de madeira podre que

Este livro é dedicado a Marcelo Almeida.

Agradeço o diálogo com Luciana Villas-Boas, Alberto Mussa, André Conti e Rodrigo Moura Visoni.

1ª EDIÇÃO [2012] 1 reimpressão

ESTA OBRA FOI COMPOSTA PELA SPRESS EM ELECTRA E IMPRESSA EM OFSETE
PELA GRÁFICA BARTIRA SOBRE PAPEL PÓLEN SOFT DA SUZANO PAPEL E CELULOSE
PARA A EDITORA SCHWARCZ EM ABRIL DE 2016